푸른봄 문학 ⑯

내 생에 첫 번째 고독과 마주하다

산토끼 사냥

김도연 **지음**

1판 1쇄 2013년 11월 29일 | **1판 2쇄** 2014년 11월 15일 |
펴낸이 조기룡 | **펴낸곳** 내인생의책 | **등록번호** 제10-2315호
주소 서울시 강서구 가양동 52-7 강서 한강자이타워 A동 306호
전화 (02)335-0445 | **팩스** (02)6499-1165
전자우편 bookinmylife@naver.com
편집장 이은아 | **책임편집** 이다겸
편집 신인수, 조일현, 진송이, 이지연
디자인 한은경, 최원영, 심재원 | **마케팅** 박영준, 이성민 | **경영지원** 김지연

ISBN 978-89-97980-68-0 (43810)
(CIP제어번호 : 2013022744)

산토끼 사냥

김도연 청소년 성장소설

내인생의책

차례

1

홀로 남다

술주정을 부리는 마을의 아버지들을 이해할 수가 없었다.
그럴 만한 별다른 이유가 없음에도.

산토끼 사냥을 시작하며

식구들은 모두 어디로 갔을까

고고

❄ 산토끼 사냥을 시작하며

    화요일로 시작되는 1980년 1월 강원도 대관령에 살고 있는 진표는 중학교 졸업을 앞두고 있었다. 진표에게 있어 1979년은 산골 마을에서의 중학생 생활을 마감하는 해이고 1980년 3월부터는 버스로 네 시간 반 거리에 있는, 도청 소재지인 춘천의 한 고등학교로 유학을 가는 해였다. 그러니까 1980년 1월은 진표가 고향에서 맘 편히 놀 수 있는 마지막 겨울 방학 기간이었다. 그렇다 보니 진표의 일과는 아침에 일어나자마자 눈 덮인 대관령 산골짜기에서 노는 것으로 시작해 잠들기 직전까지 노는 것으로 끝나는 게 전부였다. 농사를 짓는 집이었지만 남쪽에서 가장 춥고 눈이 많이 내리는 지역인 터라 사실 부모님들도 겨울에는 할 일이 없었다. 가끔 나무를 하러 간 아버지가 산에서 내려오는 저물녘 식구들과 함께 나무를 가득 실은 발구를 밀러 산골짜기 입구로 갔다 오는 게 전부였다. 친구들 집에 놀러 갔다가 그 일마저 건너뛰는 게 부지기수였지만. 사실 그동안 진표는 쉬는 날이나 방과 후에 농사일을 돕는 것에 질릴 대로 질려 있었다. 고등학교를 가까운 강릉이 아닌 멀리 있는 춘천으로 정한 이유 중 하나도 바로 그거였다. 멀리 떨어져 있으면 주말마다 집으로 돌아와 농사일을 하지 않아도 된다는 얄팍한 계산도 이미 끝낸 터였다. 하여튼 진표는 그렇게 중학생 시절의 마지막 겨울 방학, 태어나 한 번도 떠나지 않고 살았던 고향에서의 마지막 겨울 방학을 친구들과 함께 눈밭을 쏘다니는 삽살개처럼 킁킁거리며 돌아치고 있었다. 정말이지 놀 만한 일들은 쌔고 쌨었다.

❄ 식구들은 모두 어디로 갔을까

　진표는 1월의 두 번째 토요일 저녁, 친구 집에 춤추러 갔다가 하룻밤을 꼬박 새우고는 다음 날 오후 해 지기 직전이 되어서야 골짜기 외딴집의 마당으로 들어섰다. 집은 조용했다. 굴뚝에서 연기가 피어오를 시간인데 잠잠했다. 집에서 기르는 개만 꼬리를 흔들며 경중경중 뛸 뿐, 어디에서도 인기척은 없었다. 방을 모두 확인한 뒤 진표는 나무로 만든 부엌문을 열어 보았다. 어둠만이 가득했다. 부엌 옆 외양간을 살폈다. 암소가 기다렸다는 듯 자리에서 천천히 일어났다. 닭장의 닭

들은 진표가 다가가자 모이통 앞으로 모여들며 꼬꼬
꼬 울었다. 닭장 옆 토끼장의 토끼도 후다닥후다닥 검
고 동그란 똥 위를 뛰어다니며 먹이를 달라고 발간 눈
을 부릅뜬 채 노려보았다. 뒷마당으로 갔지만 역시 텅
비어 있었다.

엄마도,

아버지도,

여동생 진숙이도,

막내 진일이도 보이지 않았다. 진표는 흰 눈으로 덮
여 있는 집 뒤, 어두워지는 골짜기를 향해 소리쳤다.

"진숙아?"

대체 모두 어디로 갔단 말인가…….

무거운 어둠을 등에 짊어진 채 진표는 아궁이 앞
에 쪼그려 앉아 불을 피웠다. 아직 여섯 시도 되지 않
았는데 날이 저물고 있었다. 벽에 걸린 남포등의 심지
를 올려놓고 성냥으로 불을 붙였다. 유리 등피에 그을
음이 가득했다. 석유 냄새가 와락 피어올랐다가 사라

졌다. 평상시 같았으면 불 때는 일이고 뭐고 다 팽개치고 방에 들어가 텔레비전을 봤겠지만 하룻밤 신 나게 놀러 갔다 온 터라 뻔뻔하게 그럴 수는 없었다. 엄마와 아버지를 대신해 저녁 설거지를 깔끔하게 해 놓기로 작정했다. 나이는 어리지만 그래도 이 집의 큰아들이 아닌가. 아궁이에서는 본격적으로 장작에 불이 붙고 있었다.

먹이를 달라고 좁은 토끼장 안에서 달리기를 하고 있는 토끼에게 먼저 콩깍지를 넣어 주었다. 광에 들어가 바가지로 옥수수 타갠 것을 담아 닭들에게 주었다. 개는 저도 달라고 짖어 댔다. 진표는 주먹으로 검둥이의 옆구리를 가볍게 한 방 때려 주었다. 개는 그제야 짖기를 멈추고 바닥에 엎드린 채 끙끙거렸다. 소가 머리를 외양간 밖으로 내민 채 길게 울었다. 진표는 삼태기 가득 깍지를 담아 김이 솟기 시작하는 가마솥에 넣었다. 아궁이 앞은 따스했다. 열어 놓은 부엌문 밖에는 저녁 눈이 내리기 시작했다. 마당으로 흘러 나간 남포등 불빛이 눈송이를 따스하게 덥혀 주는 것만 같았다. 외양간 밖으로 머리를 내밀고 부엌을 살피던 소가 다시 길게 울었다. 그 소리에 부엌문 앞에 쪼그리고 앉아 있던 검둥이도 덩달아 짖었다. 부뚜막에 있는 밥상에는 다행히 먹다 남은 밥이 있었다. 소여물을 끓여 줄 때까지 식구들이 나타나지 않으면 식은 밥으로 대충 저녁을 때우기로 했다.

"설마 오늘 밤 나 혼자 집 보는 건 아니겠지? 안 그래, 검둥아?"

검둥이는 대답 없이 꼬리만 돌리며 부엌문 앞에다 갖다 준 밥을 먹었다.

눈송이는 점점 굵어졌다. 진표는 방에 들어가 등잔불을 켜 놓고 밖으로 나왔다. 텔레비전을 보고 싶었지만 조금만 참기로 했다. 아버지의 사랑을 독차지하는 소의 여물을 먼저 끓이는 게 현명한 선택이었다. 대신에 진표는 두툼한 건전지를 매단 카세트 라디오를 부엌으로 가지고 나왔다. 강릉에서 직장을 다니는 누나가 지난 추석 때 선물한 거였다. 그냥 라디오가 아니라 음악 테이프를 넣고 재생할 수 있는 카세트 라디오였다. 물론 사람의 목소리도 테이프에 녹음할 수 있었다. 집이 외따로 떨어져 있어 건넛마을처럼 전기가 들어오지 않아 건전지를 사용해야 하는 불편함이 있지만 어쨌든 진표의 재산 목록 1호로 자리 잡고 있는 귀중한 물건이었다. 아궁이에 참나무 장작을 더 넣어 불땀을 올려놓고 진표는 음악 테이프를 작동시켰다. 누나는 듣고 있던 음악 테이프까지 한 박스 가져왔는데 진표가 텔레비전이나 라디오에서 듣지 못했던 새로운 노래도 많이 들어 있었다. 그중 대표적인 게 외국 가수들이 부르는 팝송이었고 또 하나는 대학가요제 노래들과 금지곡이라 칭하는 노래가 그것이었다. 진표는 뜨겁지 않은 부뚜막 위에 카세트 라디오를 올려놓고 재생 버튼을 눌렀다. 밥을 다 먹은 검둥이 녀석도 어디론가 사라졌다가 나타나 들어오란 말도 안 했는데 아궁이 앞 진표 옆에 떡하니 자리를 잡고 앉아 턱을 부엌 바닥에 붙인 채 노래를 들었다. 첫 곡은 배인숙의 〈누구라도 그러하듯이〉였다. 진표는 부지깽이로 아궁이의 불붙은 장작을 쑤석거리며 노래를 따라 불렀다. 가마솥에선 김이 무럭무럭 솟아나고 벽에 걸어 놓은 남포등은 흐린 김 속에서 조명처럼 부엌을 둥그렇게 밝히고 있었다.

"눈이 내린 그 겨울 날— 첫사랑을 묻어 버리고—"

나무 구유에 김이 설설 솟는 여물을 모두 부어 줄 때까지 식구들 중 누구도 나타나지 않았다. 진표는 화로에다 국을 데우며 남포등 불빛 속으로 내리는 밤눈을 멍하니 바라보았다. 저녁 설거지를 모두 마쳤으니 식구들이 돌아오면 유세 한번 제대로 떨 수 있는데 아쉽게도 그들은 눈송이를 헤치고 얼굴을 드러내지 않고 있었다. 카세트 라디오에서는 김세화의 〈눈물로 쓴 편지〉가 흘러나왔다. 그 노래를 따라 부르며 마당으로 나간 진표는 집으로 이어진 언덕길을 내려다보았다. 내린 눈 위에 다시 내리는 눈은 길을 하얗게 지워 가고 있을 뿐, 인적을 찾을 순 없었다. 그 너머 영동 고속 도로에도 지나가는 차량들을 찾기 힘들었다. 아직 제설이 시작되지 않은 것 같았다. 전기가 들어오는 건넛마을에는 쏟아지는 눈발 속에서 작은 불빛들이 드문드문 꽃처럼 피어 있었다. 진표는 고속 도로 굴다리에서 집까지 이어진 구부러진 길을 다시 한 번 찬찬히 살피며 부엌에서 흘러나오는 노래를 따라 불렀다.

"눈물로 쓴 편지는 부칠 수도 없어요. 눈물은 너무나 빨리 말라 버리죠. 눈물로 쓴 편지는……."

처마 밑으로 들이친 눈발이 머리와 어깨를 하얗게 지울 때까지 진표는 노래를 멈추지 않았다. 어둠은 더 짙어 가고 눈은 그 어둠을 조금이나마 밀어 내려고 안간힘을 쓰는 것 같았다. 그렇게 노래 한 곡을 모두 따라 부르며 눈길을 쏘아보던 진표가 마침내 소리쳤다.

"온다!"

고속 도로 굴다리를 빠져나온 검은 형체의 사람들이 진표의 집으로 이어진 언덕길로 접어들고 있었다.

진표는 미소를 흘리며 눈길을 한달음에 달려 나가려고 걸음을 뗐다가 급히 멈췄다. 얼굴에 남아 있는 반가운 표정을 두 손바닥으로 지우고 주변을 둘러보다가 부엌문 옆에 세워져 있는 싸리 빗자루를 발견했다. 마당의 눈은 아무것도 그리지 않은 도화지처럼 깨끗했다. 진표는 아주 큰 붓으로 그림을 그리듯 비질을 했다. 부엌에서 불을 쬐며 졸고 있던 검둥이도 어떤 기미를 눈치챘는지 짖으며 마당으로 뛰어나왔다. 검둥이는 대문 밖으로 나가지 않고 대문 없는 대문 앞에 서서 언덕 아래를 내려다보며 짖었다. 평소와 다른 검둥이의 행동에 비질을 멈춘 진표도 손차양을 만들어 언덕을 올라오는 사람들을 살폈다. 식구들이 아닌가? 검둥이의 울음소리는 밤눈 내리는 골짜기에서 멀리 퍼지지 못하고 눈의 무게에 눌린 듯 차분하게 가라앉고 있었다.

눈을 머리에 이고 온 이들은 가족이 아니었다.

중학교 동창이자, 엄마와 친한 선화네 식구였다.

선화 엄마만 빼고 선화와 두 남동생은 훌쩍훌쩍 울고 있었다.

묻지 않아도 진표는 그들이 눈 내리는 밤 왜 찾아왔는지 알 수 있었다.

선화의 얼굴을 훔쳐보는 진표의 가슴이 두근거리기 시작했다.

"방으로 들어오세요."

"여기가 편하다."

선화네 식구는 아궁이 앞에 깔아 놓은 멍석에 앉아 불을 쬐고 있었다. 석유가 아깝다며 남포등도 꺼 달라고 부탁했다. 방으로 들어가지 않고 남의 집 부엌에서 시간을 버티는 게 예의라고 여긴 거였다. 물론 진표는 그들이 눈 내리는 겨울밤 왜 멀쩡한 집을 놔두고 피란을 왔는지 잘 알고 있었다. 필시 취한 선화 아버지의 술주정 때문이었다. 보지 않아도 훤히 알 수 있었다. 진표네 식구 역시 아버지의 술주정을 피해 선화네 집으로 피란 간 적이 여러 번이었다. 그렇게 남의 집 아궁이 앞에 모여 앉아 훌쩍거리다가, 까딱까딱 졸다가, 마침내 아버지가 잠이 들 시간이 되면 집으로 돌아가는 것이다. 진표는 술 취해 집에 들어와 술주정을 부리는 마을의 아버지들을 이해할 수가 없었다. 밥상을 내던지고 엄마를 때리고 고래고래 고함을 지르는 아버지들을. 그럴 만한 별다른 이유가 없음에도. 마치 학교에서 월요일마다 운동장 조회를 하듯 아버지들은 술주정을 부렸다. 그렇게 자식들을 울리고 엄마들을 때리고 집 밖으로 내몰았다. 자기들은 방에 대자로 드러누워 코를 골며 잠들고.

저녁을 다 먹은 진표는 밥상을 들고 부엌으로 나갔다. 열어 놓은 쪽문으로 노래가 은근슬쩍 따라 나왔다. '둘다섯'의 〈밤배〉였다. 그 노래는 물론 부엌에서 무릎에 얼굴을 묻은 채 생각에 잠겨 있는 선화를 위한 선곡이었다. 진표는 반쯤 물이 채워진 설거지통에 빈 그릇을 넣으며 선화의 옆모습을 훔쳐보았다. 아궁이에서 흘러나온 불빛이 어룽거리는 선화의 얼굴은 예뻤다.

"왜 너만 집에 있냐? 다 어디 가고?"

"아까 집에 오니 텅 비어 있었어요. 어디로 간단 얘긴 못 들었는데."

"너만 남겨 놓고 먼 데로 떠난 모양이다."

"그러게요."

선화 엄마는 퍼렇게 멍든 눈으로 웃었다. 선화는 아궁이의 불만 바라보고 있었고 동생들은 엄마에게 기대앉은 채 잠들어 있었다. 진표는 장작 세 개를 더 가져와 아궁이에 넣었다. 옆에 있는 선화의 몸에서 야릇한 냄새가 풍겨 나왔다. 선화는 나지막하게 노래를 따라하고 있었다.

"끝없이 끝없이 자꾸만 가면 어디서 어디서 잠들 텐가…… 으음……."

진표는 선화네 부엌으로 피난 갔던 밤 계속해서 홀쩍거리기만 했던 자신의 행동이 갑자기 떠올라 얼굴이 화끈 달아올랐다.

"이 노래 좋아해?"

선화가 물었다.

"어."

"너는 다른 애들이랑 달리 조용한 노래를 좋아하는
구나."

"……어. 혼자 있을 땐 이런 노래 들어."

"〈긴 머리 소녀〉도 있어?"

선화의 신청곡이었다! 진표의 가슴이 방망이질 치
기 시작했다.

"느 아버지 이제 잠들었겠다. 그만 가자."

선화네 식구가 떠나갔다. 진표는 방문을 열어 놓
은 채 선화가 신청한 노래를 틀어 놓고 본격적으로
내리기 시작하는 눈을 바라보았다. 눈은 그들이 남
기고 간 발자국들을 순식간에 덮어 버리고 있었다.
그런데…… 나만 남겨 놓고 대체 다들 어디로 갔단
말인가.

"검둥아?"

검둥이가 눈을 헤치고 뜨럭으로 올라왔다.

"너는 알 거 아냐?"

검둥이는 대답 없이 진표의 손을 핥아 주었다. 언덕 아래 고속 도로로 눈을 치우는 제설차가 경광등을 번쩍거리며 지나갔다. 건넛마을의 불빛들은 짙은 눈송이에 가려 보이지 않았다.

진표는 아랫목에서 이불 속에 발을 넣은 채 궤 위에 올려놓은 텔레비전으로 아홉 시 뉴스를 보았다. 세상이 수상했다. 작년 가을에 대통령이 총에 맞아 명을 달리한 뒤부터였다. 계엄령의 세상이었다. 원주 출신의 국무총리가 임시 대통령이 되었다. 머리가 벗어진 군인이 대통령보다 텔레비전에 더 자주 나오는 것 같았다. 말조심해야 되는 세상이라고 어른들은 말했다. 강원도 산골짜기까지 그 흉흉한 바람이 불어오는 것 같진 않았지만 하여튼 사람들은 전과 달리 무거운 입을 매달고 사는 것 같았다. 신정 특집으로 나왔던 〈말괄량이 삐삐〉의 삐삐 역시 예전처럼 활기차 보이지 않았다. 웃고 있었지만 어딘지 모르게 우울해 보였다.

진표는 자리에서 일어나 손바닥으로 텔레비전을 두 번 내리쳤다. 그러나 화면의 아래위에 나타난 흰 띠는 사라지지 않았다. 텔레비전을 볼 수 있게끔 해 주는 자동차 배터리가 다 닳아 간다는 신호였다. 텔레비전 화면은 시간이 흐를수록 아래위의 흰 띠가 점점 범위를 넓혀 가다가 결국에는 화면이 사라지고 가느다란 흰 선으로 변하는 게 그 끝이었다. 화면은 보이지 않고 라디오처럼 말만 나오면 배터리를 다시 충전해 와야만 했다. 문제는 충전소가 멀리 있다는 점이었다. 자전거 짐칸에 무거운 배터리를 싣고 진부 장거리까지 왕복 사십여 리를 달려갔다가 끙끙거리며 돌아와야 했다. 까딱 잘못하면 배터리 무게 때문에 자전거가 뒤로 벌렁 나자빠질 수도 있었다. 전기가 들어오지 않는 집의 비애였는데 그렇다고 맛을 들인 텔레비전 시청을 그만둘 수는 없는 노릇이었기에 그 일은 오로지 진표의 몫이었다. 학교 갈 때 싣고 가서 맡겼다가 하교할 때 찾아오는 식이었는데 대략 한 달에 한 번꼴이었다.

횟수가 거듭될수록 귀찮기 그지없는 일이었지만 그나마 위안이 있다면 정전이 되었을 때 마을에서 텔레비전을 볼 수 있는 데는 오직 진표네 집뿐이라는 사실이었다. 정전은 아주 자주 있는 일이었고 특히 재미난 프로가 방영되는 주말에 더 자주 방문한다는 특징을 지녔다. 진표의 어깨에 힘이 들어가는 시점이기도 했다. 텔레비전을 보기 위해 찾아오는 또래들을 선별할 권한이 있으니까 말이다. 모두 다 방으로 불러들일 수는 없는 노릇 아닌가. 하지만 그 권세를 부릴 수 있는 시간은 짧았다. 어쨌든 전기는 다시 들어오니까.

정전의 시간은 길어야 하루였다. 진표는 화면이 점점 줄어드는 텔레비전을 끄고 방문을 열었다. 눈은 그치지 않았다. 마당의 눈은 발목을 덮을 정도까지 쌓여 있었다.

"나만 남겨 놓고 다 어디 간 거야?"

크게 소리쳤지만 어디서도 대답은 들려오지 않았다. 눈만 내릴 뿐이었다. 고속 도로에선 제설차만 붉은 등을 번쩍거리며 지나가고 검둥이도 귀찮은지 개집 밖으로 나오지 않았다. 진표는 문을 닫아걸고 이불 속에 들어가 머리맡의 카세트 라디오를 켰다. 대학가요제에서 대상을 받은 노래 김학래·임철우의 〈내가〉가 시작되었다. 진표는 이불 속에서 눈을 감은 채 노래를 흥얼거리다가 갑자기 벌떡 일어나 앉았다.

"간첩들한테 잡혀간 거 아냐?"

'내가 말 없는 방랑자라면 이 세상의 돌이 되겠소.'

"설마……"

'내가 님 찾는 떠돌이라면 이 세상 끝까지 가겠소.'

"교통사고?…… 설마…… 강릉 큰댁에 갔나?"

'이 세상 끝까지 가겠소. 이 세상 끝까지 가겠소.'

"아, 몰라! 몰라! 잠이나 자자!"

음악도 끄고 등잔불도 끈 진표는 동굴 같은 솜이불 속으로 들어가 눈을 감았다. 눈 내리는 소리가, 누에가 뽕잎을 먹듯 문창호지를 긁는 밤이었다.

❄ 고고

춤을 추고 있었다.

산 중턱의 무덤 앞에서 진표는 카세트 라디오에서 흘러나오는 가요에 맞춰 고고를 추고 있었다. 혼자가 아니었다. 친구들과 낯선 여자애들도 함께 눈을 밟으며 스텝을 맞췄다. 마당 넓이만큼 눈을 치운 무덤 앞에서. 그 한가운데에서 모닥불이 타올랐다. 저 한참 아래에 마을이 내려다보이는 명당자리였다. 진표는 왜 산으로 올라와 춤을 추는지 알 것 같았다. 대낮에 춤을 추며 놀 만한 빈집을 찾지 못했기 때문이었다. 다른 마을에서 어렵게 놀러 온 여자애들을 돌려보낼 수는 없었고 그래서 친구가 어렵게 찾아낸 자리인 듯싶었다. 또 캄캄한 밤에 집에서 추는 춤보다 좀 색다른 맛도 있었다. 산을 덮은 흰 눈과 그 눈에 덮인 무덤, 타오르는 불 그리고 한눈에 내려다보이는 마을. 마치 허공에서 고고의 스텝을 밟고 있는 듯했다. 마치 낯선 나라의 사람들이 되어 종교 의식을 치르는 기분마저 들었다. 여자애들도 더할 나위 없이 예뻤다. 무릎을 약간 구부린 채 발을 내밀어 스텝을 밟을 때마다 사타구니가 찌릿찌릿할 정도였다. 진표는 그 여자애들의 이마에 맺혀 있는 땀을 훔쳐보며 춤을 췄다. 음악이 디스코가 아니라서 다행이었다. 디스코는 진표의 춤 실력상 버거운 장르였다. 친구들이 춤출 장소를 찾느라 허둥대다가 디스코 테이프를 빠트린 게 진표로서는 그렇게 반가울 수 없었다. 여자애들에게서 풍기는 묘한 냄새를 맡으며 진표는 오른발, 왼발을 번갈아 내밀며 노래를 따라 불렀다. 혜은이가 부르는 〈제3한

강교〉였다. 가끔 무덤 옆 소나무 가지에서 눈이 와르
르 떨어졌다. 여자애 중 한 명이 아까부터 좀 다른 눈
으로 자기를 바라보고 있다는 걸 진표는 느끼고 있
었다. 〈제3한강교〉의 매력은 노래 중간쯤 모두가 호흡
을 맞춰 동시에 "헤이!"하고 외치는 데 있었다. 그렇
게 노래하고 춤추며 놀고 있는데 그만 문제가 생기고
말았다. 디스코 테이프만 빠트린 게 아니라 건전지도
여분을 가져오지 않은 것이다. 점점 처지기 시작한 노
래가 결국 민요로 변하고 말았으니. 글로 옮기면 이렇
다. 이—밤—이— 가—면—은— 첫—차—를— 타—고—
행보오오ㅇ— 그리고 끝이었다. 누군가 산을 내려갔다
가 올 수도 없는 거리였다. 할 수 없이 모두 모닥불 옆
에 모여 술과 음료수, 과자를 먹으며 아쉬움을 달랠
수밖에 없었다. 진표는 자신을 바라보는 여자애의 눈
길과 가끔 마주치며 잘 마시지도 못하는 독한 소주를
단숨에 들이켰다. 디스코를 추는 밤이었다면 결코 받
지 못할 눈길이었기에 더 아쉬웠다.

다시 여자애의 얼굴을 보기 위해 조심스럽게 시선을 옮기던 진표의 눈에 들어온 것은 바로 흰 눈에 덮인 무덤이었다. 그 무덤이 모자를 벗듯 봉분이 조금씩 열리고 있었다.

진표는 벌린 입을 다물지 못한 채 그 사실을 알리려고 주변을 둘러보았으나 모두 약속이나 한 듯 감쪽같이 사라지고 아무도 없었다. 자리에서 벌떡 일어나긴 했으나 거기까지였다. 발이 땅에서 조금만큼도 떨어지지 않았다. 무덤의 검은 입만 더 벌어질 뿐.

"엄마?"

엄마뿐만이 아니었다. 무덤의 검은 입속에는 아버지와 진숙이, 진일이도 함께 있었다. 탄가루를 뒤집어쓴 듯 검은 얼굴로.

2

사냥을 시작하다

토끼의 간을 한참 바라보다가 소금에 찍어 먹었다.
텁텁했다.

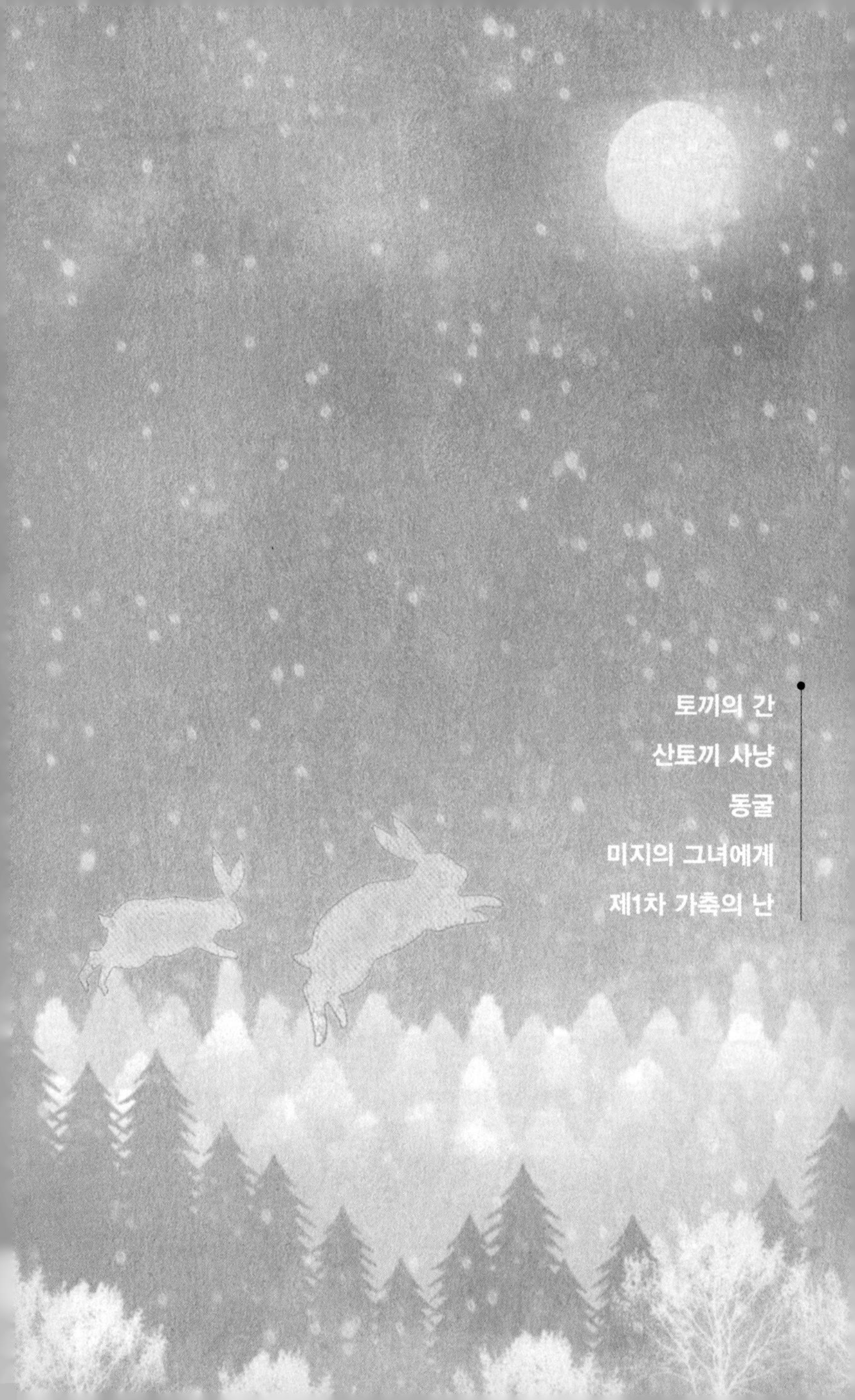

토끼의 간

산토끼 사냥

동굴

미지의 그녀에게

제1차 가축의 난

❄ 토끼의 간

　눈이 그치지 않은 다음 날 아침 진표가 가축들의 먹을거리를 모두 챙겨 주었을 때 친구 규학이가 싱글싱글 웃으며 찾아왔다. 집에서 큰길로 나가는 길의 눈을 치우지 않은 터라 규학의 신발과 바지에는 얼어붙은 눈이 매달려 있었다. 밤새 내린 눈은 한 이십 센티미터는 되는 것 같았다. 규학은 오대산 민박촌에 사는 좀 노는 여자애들을 어렵게 꼬드겨 오후에 놀러 오기로 했다는 소식을 전했다. 빈집이 없어서 고민했는데 선화 집에 심부름 갔다가 진표네 소식을 들었다는 거였다. 그 얘길 듣자마자 달려왔다고.

"우리 집에서?"

"응. 너 혼자 집 보고 있다며?"

"……식구들이 언제 돌아올지 모르는데."

"너희 식구들 쓰는 방 말고 여기서 놀면 되지."

규학은 외양간 옆, 부엌과 연결된 방을 가리켰다. 그 방은 세 들어 살던 제재소 직원이 나가면서 창고로 쓰이는 방이었다. 진표는 방문을 열었다. 방에는 곡물이 들어 있는 자루와 허접한 쓰레기들이 널려 있었다.

"청소하고 불만 때면 되겠네!"

"방만 있다고 되는 게 아니잖아?"

"걱정 붙들어 매. 먹고 마실 건 우리가 다 알아서 준비해 올 테니. 그리고 걔들 예쁘고 끝내주게 잘 노는 애들이야!"

"언제 올 건데?"

규학이 돌아가자마자 진표는 외양간 뒤편의 따로

떨어진 부엌에 들어가 아궁이 가득 장작을 넣고 불을 지폈다. 불을 땐 지 오래된 아궁이라 연기가 굴뚝으로 가지 않고 아궁이로 쿨럭쿨럭 쏟아져 나왔다. 진표는 눈이 벌게진 채 부엌에서 뛰쳐나왔다. 바람 없이 눈이 내리는 탓에 연기는 멀리 가지 못하고 집을 에워싸고 있었다. 진표는 뒷마당에 서서 가족들이 어디로 사라졌는지도 모르는데 친구들을 불러들이는 일이 잘하는 일인가 생각해 보았지만 눈물만 주룩 흘러내릴 뿐이었다. 방을 청소해 놓고 엄마와 친하게 지내는 집들을 한번 찾아가 볼 생각밖에 떠오르지 않았다. 큰길로 이어진 길의 눈도 칠 겸 겸사겸사해서. 그나저나…… 규학이 놈이 대체 어떤 여자애들을 꼬드겼는지 궁금하기 이를 데 없었다. 사실 남자들끼리 모여 추는 춤이란 게 재미날 까닭이 없었다. 춤은 남녀가 같이 추어야 제격이었다. 비록 춤은 잘 못 추지만. 진표는 작은 부엌의 연기가 나가기를 기다리며 마당에서 고고 스텝을 밟았다. 고고는 어찌어찌 따라할 수 있겠는데 문제는 디스코였다. 아무리 연습해도 친구들만큼 폼 나는 춤이 나오지 않았다. 스스로 판단해도 몸치임이 분명했다. 진표는 눈송이를 맞으며 뒷마당에서 디스코를 연습했다. 팝송 〈콜 미(call me)〉를 흥얼거리며. 그러자 앞마당에 있던 검둥이도 어느새 진표 옆에 와서는 꼬리를 흔들며 경중경중 뛰었다. 굴뚝은 슬슬 연기를 뽑아 올리고 있었다.

"검둥아, 가자!"

넉가래로 눈을 치는 일은 은근히 힘든 일이었다. 초등학교 시절만 해도 마을 한가운데로 흐르는 개울 건너 진표의 집 근처에 십여 호의 집들이 있었다. 그런데 영동 고속 도로 공사가 시작되면서 하나둘 헐려 나갔다. 그 집들이 모두 고속 도로가 지나가는 자리에 위치하고 있었기 때문이다. 그뿐만이 아니라 고속 도로는 마을의 풍광마저 바꿔 버렸다. 기존의 도로보다 훨씬 높게 자리 잡은 터라 마치 거대한 성곽처럼 마을을 두 동강으로 잘라 놓았는데 진표의 집만 고속

도로 저편에 홀로 남게 된 거였다. 다행히 언덕 위에 집이 있어 시야는 많이 가리지 않았지만 어쨌든 고립 비슷한 처지에 놓였다. 폭설이 내렸을 때가 그 한 예였다. 예전에는 엄청난 눈이 내리면 이 집 저 집에서 사람들이 나와 함께 눈을 쳤는데 모두 떠나 버린 뒤부터는 오직 진표네 식구만이 큰길까지 눈을 치고 나가야 했다. 큰길까지의 거리는 거의 1킬로미터에 가까운 구불구불한 오솔길이었다. 그렇기에 폭설이 쉬지 않고 내릴 때는 한밤중에 넉가래를 들고 나가 미리 눈을 친 적도 많았다. 그래야만 아침에 힘을 좀 덜 들여 눈을 치고 학교에 갈 수 있었다.

진표의 등은 어느새 땀으로 흥건하게 젖어 있었다. 곁에서 뛰노는 검둥이는 심심함만 달래 줄 뿐 눈을 치는 데는 아무런 도움이 되지 않았다. 생각 같아선 꼬리에 빗자루라도 달아매고 싶었지만 꾹 참았다. 개는 개고 소는 소고 닭은 닭이고 토끼는 토끼고 사람은 사람이었다. 진표는 눈길에 서서 눈이 쏟아지는 하늘을 향해 한숨을 올려 보냈다. 몇 송이 눈이 입으로 들어와 허망하게 녹았다. 어른들처럼 담배 한 대, 술 한 잔 하고 싶은 심정이 간절했다. 그런데 정말 다들 어디로 사라진 걸까…….

"아 참, 내가 깜박했네!"

제재소 할머니는 몇 가닥 없는 파마머리를 벅벅 긁었다. 진표의 집에서 가장 가까운 데가 바로 제재소였다. 집에서 고속 도로 굴다리까지의 언덕 길이 1구간, 굴다리에서 마을 운동장을 옆에 끼고 개울을 건너는 나무다리까지의 구불구불한 길이 2구간, 나무다리를 건너 제재소를 지나 버스가 다니는 큰길까지가 3구간이었다. 제재소 할머니는 친척은 아니지만 엄마와 꽤 가까운 사이였기에 혹시나 해서 들러본 거였다. 진표는 목장갑을 낀 손에 넉가래를 든 채 할머니 앞에서 침을 꼴깍 삼켰다.

"그래, 가축들 아침은 챙겨 줬나?"

"예."

"니는 밥 먹었고?"

"예."

"사북에서 또 연락 오면 내가 잘 간수하고 있을 테니 하루에 한 번씩 들러, 응?"

"왜 갔대요?"

"멀어서 그런지 목소리가 잘 안 들리더라."

"언제 온단 말은 없었어요?"

"며칠 걸릴 거 같다 그러던데……. 집 잘 보고 있으라 하더라."

진표는 검둥이와 함께 나무다리를 건너 집으로 향했다. 눈은 그 사이에도 쉼 없이 내려 길을 지우고 있었다. 사북으로 이사 간 작은댁에 갔단 말이지……. 작은아버지는 사북 동원 탄좌에서 광부로 일하고 있었다. 하지만 정확히 무슨 일로 갔는지는 알 수 없었다. 무슨 사고가 난 것일까? 가끔 아홉 시 텔레비전 뉴스에서는 대통령 소식보다 먼저 전하는 뉴스가 있었는데 그중 하나가 탄광이 무너져 일하던 광부들이 갱도에 갇혔다는 거였다. 진표는 초등학생이었을 때 사북에 딱 한 번 가 본 적이 있었다. 시커먼 물 옆이고 산비탈이고 할 것 없이 판잣집들이 다닥다닥 붙어 있는 광산촌이었다. 기차역 옆에는 검은 저탄장이 산처럼 솟아 있었는데 바람이 불 때마다 탄가루가 마을로 뽀얗게 내려왔다. 슬리퍼를 신고 돌아다니다 보면 어느새 까마귀 발로 변해 버리곤 하던 곳이었다. 막장에서 탄을 캐는 위험한 일을 하는 게 아니라고 작은아버지가 술을 따르며 아버지에게 설명했지만 어쨌든 굴속을 드나드는 게 아니냐며 아버지는 걱정을 했다.

진표는 사촌들과 함께 건넌방에서 만화책을 읽었다. 벽지를 바른 합판 하나가 가로막고 있는 이웃집에서 부부의 싸우는 소리가 여과 없이 건너오는 밤이었다. 언성이 좀 높아지는가 싶으면 작은아버지는 노크를 하듯 손으로 벽을 두드렸다. 그러면 한동안 잠잠해졌다. 마치 장난감 마을 같은 집이었다. 진표는 자신만 쏙 빼 놓고 사북으로 간 식구들을 원망하며 검둥이와 함께 집으로 돌아갔다. 사람 발자국 하나 없는 마당에서 진표는 눈송이들이 쏟아지는 흐린 하늘을 향해 소리쳤다.

"만세! 개꿈이었어!"

옆에 서 있던 검둥이가 덩달아 경중경중 뛰었다.

날이 저물고 있었다. 진표는 일찌감치 가축들의 밥을 챙겨 주었다. 친구들과 춤을 추며 놀 방은 구들장이 절절 끓고 있었다. 조명은 남포등과 손전등을 사용하면 되었다. 함박눈까지 펑펑 쏟아지고 있으니 가히 환상적인 밤이 될 게 틀림없었다. 진표는 아궁이 앞에다 밥상을 차려 놓고 참나무 장작을 깔고 앉아 엄지손가락보다 큰, 벌겋게 양념을 한 총각김치를 우적우적 씹었다. 검둥이는 부엌 가장자리의 마른 솔잎 위에 엎드려 졸고 있었다.

"왜?"

귀를 쫑긋 세운 채 부엌문 밖으로 나가는 검둥이에게 진표가 물었다. 검둥이는 마당을 하얗게 덮은 눈 위에 서서 언덕을 내려다보더니 곧 짖기 시작했다. 검은 털 위에 쌓이는 눈은 아랑곳하지 않은 채.

"벌써 오는 거야?"

개를 따라 나가 보니 언덕 아래 고속 도로 굴다리를 빠져나오는 친구들이 보였다. 처음 보는 여자애들과 함께. 눈송이에 가려 아직 여자애들의 모습이 잘 보이지 않았지만 진표의 가슴은 벌써 쿵쾅거리고 있었다. 규학이는 어깨에 라면 박스를 올려놓은 채였고 종욱이는 큼지막한 스테레오 카세트 라디오를 들고 있었다. 규학, 종욱, 용희, 규훈 그리고 여자애들이 셋이었다. 검둥이가 다시 짖었다. 남자 다섯에 여자 셋이라……. 진표는 검둥이의 옆구리를 가볍게 걷어차는 것으로 짖음을 멈추게 한 뒤 언덕을 올라오는 친구들에게 소리를 질렀다.

"야아—!"

"야아—!"

함께 내지르는 소리가 눈송이를 뚫고 언덕을 올라

왔다. 검둥이 녀석도 콧등에 내려앉은 눈을 털어 내며 다시 짖었다.

외양간 옆 절절 끓는 방에 둘러앉아 먼저 과자 파티를 벌였다. 여자애들은 규학이의 말대로 제법 멋있어 보였다. 고속 도로가 막고 있어 집에 아직 전기가 들어오지 않는다는 사실을 접한 여자애들이 놀라워하자 진표는 조만간 무지하게 높은 전봇대를 세워 전기가 들어올 거라고 알려 주었다. 더불어 정전이 돼도 볼 수 있는 텔레비전에 대한 자랑으로 얘기를 돌렸다. 다른 집 안테나에서는 잡히지 않는 대구 문화방송이 잡힌다는 것까지. 그러나 배터리 충전의 불편함에 대해서만은 입을 닫았다.

"야, 그나저나 과자만 먹고 놀 수는 없잖아?"

규학이 진표의 눈치를 보며 입을 열었다. 여자애들까지 왔는데 이 집 아들인 네가 어떻게 좀 해 보라는 요구였다.

여자애들이 일제히 진표를 바라보았다. 진표의 가

슴이 다시 콩닥거리기 시작했다. 여자애들은 허벅지와 종아리에 착 달라붙는 청바지를 입고 있었다.

"……라면 끓일까?"

"라면 먹고 밤새 춤출 힘이 나겠냐?"

"그럼?"

"닭은 좀 무리고 토끼를 잡아먹는 게 어떨까? 너희 부모님 돌아오시면 서리 맞았다고 둘러대면 되잖아, 응? 요린 내가 할 줄 알아."

"토끼?"

"맛있겠다!"

여자애들이 합창을 했다. 그 합창에 힘을 얻은 규학이 신이 나서 얘기를 이어 갔다.

"내가 볼 땐 말이야. 가축들 중에 젤 쓸모가 없는 게 토끼야. 소는 일을 하고 닭은 알을 낳고 개는 집을 지키잖아. 그런데 토끼가 하는 일이 뭐야? 아무것도 없어. 그냥 주는 거 먹고 싸는 거밖에 안 하잖아! 만 개 쓸모가 없어요."

토끼장 속의 토끼는 이미 죽은 거나 다름없었다. 여자애들까지 환호하는 마당이니 진표도 토끼에 대해 생각을 해야만 했다. 그러고 보니 자신의 용돈으로 어린 토끼를 분양받은 사실이 떠올랐다. 주말이면 토끼가 좋아하는 풀을 뜯으러 다닌 적도 많았다. 토끼장은 아버지가 만들었지만 간혹 지린내가 진동하는 토끼장 청소를 한 적도 있었다. 가을에는 작업이 끝난 당근밭에 가서 당근을 주워서 갖다 준 적도 여러 번이었다. 이러저러한 계산 결과 토끼 한 마리쯤의 소유권을 주장하는 것은 무리가 없어 보였다. 진표는 마침내 고개를 끄덕이고 규학에게 물었다.

"잡을 줄 알아?"

"당근!"

여자애들은 방에 남고 남자들만 토끼장 앞으로 나갔다. 규학은 능숙하게 토끼장 속으로 손을 들이밀더니 토끼의 두 귀를 잡아챘다. 놀란 토끼 눈과 버둥거리는 두 다리. 진표는 한 걸음 물러나서 규학의 토끼 잡는 법을 구경했다. 현기증이 몰려왔지만 간신히 버티며 한 마리의 토끼가 토끼고기로 변해 가는 모습을 목격했다. 사실 진표는 그동안 토끼고기나 닭고기를 먹긴 했지만 토끼 잡는 장면은 처음 보았다. 집에서 닭과 토끼를 잡을 줄 아는 사람은 단 한 사람밖에 없었다. 그 사람은 진표의 아버지도 아니고 바로 진표의 엄마였다. 엄마는 그걸로 가끔 아버지를 놀리곤 했다. 닭 한 마리 잡을 줄도 모르는 양반이 닭고기 내놓으라고 투정을 부린다고. 그 점에 대해서는 아버지도 함구할 수밖에 없었다. 진표도 엄마가 부엌칼로 닭의 목을 따고 그릇에 피를 받는 장면을 제대로 바라보지 못하고 고개를 돌리곤 했었다. 규학은 철사로 토끼의 목을 졸랐다. 자전거나 리어카에 바람을 넣는 펌프를 이용해 토끼의 항문에 바람을 집어넣어 토끼를 농구공만 하게 만들었다. 그런 뒤 칼로 껍질을 벗기고 내장을 제거했다. 목은 모탕에 올려놓고 도끼로 처리했다. 진표는 헛구역질이 올라오는 것을 겨우 참았다. 고기를 제외한 나머지 것들은 모두 검둥이가 갈 수 없는 눈 더미 속에다 파묻었다.

"진표야, 화로에 알불 좀 담아 놔."

"화로는 왜?"

"구워 먹을 건 구워 먹어야지. 소주 안주로."

개집에 묶어 놓은 검둥이는 아까부터 낑낑거리며 짖어 대고 있었 다. 허공의 눈송이가 피에 젖어 있는 눈을 차분하게 덮어 가는 늦은 오후였다.

양은솥에선 토끼 볶음이 김을 뿜어내고 화로의 알불에 올려놓은 석쇠에선 토끼고기가 익어 갔다. 좁은 부엌과 연결된 방에선 여자애들이 카세트 라디오에서 흘러나오는 노래를 따라 부르며 간혹 까르르까르르 웃음을 토해 냈다. 고기를 굽는 규학을 제외한 나머지 녀석들은 열어 놓은 방문을 통해 여자애들을 훔쳐보느라 바빴다. 물론 저쪽 부엌에서 이쪽 부엌으로 그릇을 나르는 틈틈이 진표도 빠지지 않았다. 규학은 상 위에 놓인 빈 잔에 골고루 소주를 따르고 고춧

가루와 후추를 섞은 소금을 가운데에 놓았다. 그리고 방을 향해 소리쳤다.

"술 마실 사람?"

여자애들이 다시 까르르 웃었다.

"오빠, 우린 어두워지면 한 잔 마실게!"

"느들 술 마실 줄 알아?"

"한 잔은 마시지!"

방 안에서 부대끼던 웃음이 부엌과 눈 내리는 뒷마당으로 굴러 나왔다. 진표와 친구들은 그런 여자애들을 보며 함께 킬킬거렸다. 마당의 검둥이가 자기도 끼워 달라고 컹컹 짖어 댔다. 마당으로 내려앉던 눈송이들이 그 소동에 잠시 방향을 틀었다가 다시 내려앉았다.

"이건 토끼 주인인 진표 니가 먹어."

"뭔데?"

"제일 중요한 간."

소주 한 잔을 마신 진표는 규학이 건네준 토끼의 간을 한참 바라보다가 소금에 찍어 먹었다. 텁텁했다.

그나마 소금 때문에 삼킬 수 있었다. 방문턱으로 몰려온 여자애들이 진표의 얼굴을 바라보고 있었다. 마치 병을 앓고 있던 용궁의 용왕이 되어 별주부가 데려온 토끼의 간을 먹는 기분이었다. 아니, 아니지.《별주부전》에서 용왕은 토끼의 임기응변에 속아 결국 간을 먹지 못하고 말았다. 진표는 배 속으로 들어간 토끼의 간이, 아니 토끼 한 마리가 명치와 목구멍을 치밀고 올라오려 하는 것을 물 한 잔으로 간신히 진정시켰다. 그러고 보니 태어나 처음으로 토끼 간을 먹어 보는 건지도 모른다는 생각이 들었다. 진표는 여전히 느글거리는 듯한 속을 진정시키려고 밖으로 나왔다. 날이 저물어 가고 있었다. 흐린 하늘 어디쯤부터 모습을 드러내기 시작한 눈송이는 꿈틀거리는 벌레처럼 쏟아졌다. 식구들이 얘기도 없이 사북으로 떠난 뒤 두 번째의 밤이 시작되려 하고 있었다.

"얘들아, 슬슬 춤 좀 춰 볼까!"

"좋아요!"

규학이 운을 띄우자 여자애들이 맞장구를 쳤다. 토
끼 요리로 배도 채웠고 어른들이 없으니 마음 놓고
소주도 몇 잔 마셨다. 집이 외따로 떨어져 있으니 노
랫소리가 시끄럽다고 할 사람도 없었다. 눈도 운치 있
게 내려 주는 밤이었다. 지루했던 중학생 시절도 끝나
가는 시점이었다. 봄이 오면 낯선 곳으로 유학을 떠
날 예정이었다. 친구들 집에서 가지고 있는 카세트 라
디오 중 가장 성능이 좋은 스피커에선 흥이 절로 돋
는 팝송도 흘러나왔다. 더군다나 괜찮은 여자애들까
지 합류하지 않았는가. 춤을 추며 놀지 않는 게 도리
어 이상할 정도였다. 남자애 다섯과 여자애 셋은 디스
코에 맞춰 낮은 천장 아래의 방에서 본격적으로 춤을
추기 시작했다. 조명은 옷걸이용 못에 걸어 놓은 손전
등과 화재를 대비해 문기둥에 걸어 놓은 남포등이었
다. 가수의 이름이나 가사도 제대로 알지 못하지만 아
무런 문제 될 게 없었다. 따라 하기 쉬운 부분은 따라
부르고 그렇지 못한 부분은 스텝을 밟거나 흥얼거리

면 되었다. 〈콜 미〉, 〈헬로우 헬로우 미스터 몽키〉, 〈컴
백〉, 〈와이엠씨에이〉가 차례로 흘러나왔다. 종욱과 용
희는 춤을 잘 췄다. 규훈은 여자애들의 춤을 따라서
췄다. 규학은 여자애들 사이로 파고들어가 춤을 추느
라 바빴다. 진표는 그들을 구경하느라 바빴다. 여자애
들의 춤도 상당했다. 노는 물이 달라도 한참 다른 것
같았다. 관광객들이 많이 오는 오대산 아래 민박촌에
살다 보니 아무래도 보고 배운 게 많다는 걸 알 수
있었다. 마치 한 수 가르쳐 주러 온 것 같았다. 진표는
그중 한 여자애의 춤을 몰래 따라 하며 장판에 발바
닥을 비볐다. 그러나 이내 스텝을 놓치고 허둥거렸다.
여자애들은 신곡이 들어 있는 테이프까지 가지고 다
녔다. 기존에 듣던 노래보다 훨씬 흥겹고 박진감이 있
었다. 그렇게 쉬지 않고 테이프 세 개가 모두 돌아가고
나서야 휴식 시간이 찾아왔다.

"야, 니들 춤 잘 춘다!"

"오빠들도 다른 동네 오빠들보다 잘 노네!"

여자애들의 이마엔 땀이 송알송알 맺혀 있었다. 열어 놓은 방문 밖 남포등 불빛 속으로 들어온 눈은 탐스러웠다. 뒷마당 눈밭에 묻어 놓았던 사이다로 모두 목을 축였다. 장판에 비벼 댔던 양말 바닥은 반들반들 윤이 났다. 쉬는 동안에는 잔잔한 노래가 흘러나왔다. 진표의 마음에 드는 노래였다. 진표는 낮부터 눈여겨보았던 여자애가 틀어 놓은 노래의 가수와 제목을 알면서도 모르는 척 물었다. 춤을 출 때와 휴식을 취할 때의 표정이 판이하게 달랐다. 분이라는 이름을 가진 여자애는 우쭐해하며 진표를 돌아보았다.

"똥 블라 네쥐! 아다모란 가수가 부른 샹송이야."

"뭐, 똥? 샹송은 뭔데?"

규학이 소리쳤다.

"불란서 노래야. 우리말로 하면 '눈이 내리네'야."

"아……."

진표를 제외한 친구들이 일제히 숨을 삼켰다. 그 노래는 강릉에 있는 진표의 누나가 갖다 준 녹음테이프에도 들어 있는 노래였다. 왠지 특이했던 그 노래가 불란서 노래, 즉 샹송이라니. 분이라는 여자애가 새삼 달리 보였다. 남자애들의 눈길이 모두 분이에게로 집중되고 있었다. 떨리는 목소리로 진표가 물었다.

"가사가 무슨 내용인지 아나?"

"눈이 내리네. 당신은 오늘 밤 떠날 수 없습니다."

"오!"

남자애들이 탄성을 내질렀다. 문밖의 눈은 눈을 노래하는 노래에 흥이라도 난 듯 더 탐스럽게 내리고 있었다.

"어?"

열어 놓은 문밖이 갑자기 어두워졌다. 어두운 그림자들 위로 검은 눈이 내리고 있었다. 그 그림자들이 왜 찾아왔는지 진표는 눈치챘다. 이윽고 그들은 불빛속으로 하나둘 얼굴을 들이밀었다. 한 명은 동네 선배였고 나머지 셋은 알 듯 모를 듯한 얼굴들이었다. 그중 가장 험상궂게 생긴 얼굴이 문지방에 한쪽 발을

었고 얼굴을 쑥 디밀었다. 장갑 낀 손으로 움켜잡은 각목에 몸을 지탱한 채.

"느들, 남의 동네 애들 데려와서 뭐하는 거냐?"

"오빠, 왜 그러는 거야!"

분이였다. 그러나 그는 분이에겐 눈길도 주지 않고 말했다.

"사내놈들만 좀 나와 봐라."

그의 목소리는 나직했지만 위엄이 있었다. 그의 뒤편에 서 있는 동네 선배란 놈은 히죽거리고 있었다.

진표와 친구들은 뒷마당 바깥의 눈 덮인 담벼락 앞에 일렬로 서서 낯선 선배의 짧지만 무서운 연설을 들었다. 그들이 눈을 헤치고 걸어온 발자국이 가끔 손전등 불빛에 드러났다. 굴다리를 빠져나온 뒤 혹시나 하는 의심에 길을 벗어나 산골짜기로 가는, 눈도 치우지 않은 길을 헤치고 온 거였다. 하긴 그 기척을 눈치채고 검둥이가 짖었다 한들 달라질 것도 없었다. 진표와 친구들은 머리와 어깨에 쌓이는 눈을 털지도 못한 채 그들의 처분을 기다릴 뿐이었다. 동네 선배가 끼어 있어서 뭐라 대꾸할 수도 없는 상황이었다.

"그럼 잘못을 인정한 걸로 알겠다. 모두 돌아서라."

시멘트 담에 두 손을 갖다 대자 온몸에 소름이 쫙 몰려왔다. 옆에 있던 규학이 진표의 귀에 대고 소곤거렸다.

"씨발, 인원도 우리가 한 명 더 많은데 한판 붙어 버릴까?"

"그러면 지 친구들 더 데려올 거야."

"선배라는 것들이 후배들 노는 거나 훼방 놓고."

마침내 각목으로 용희의 엉덩이를 후려치는 소리가 들려왔다.

"우리가 뭘 잘못했는데 빠따를 맞아."

규학이 다시 소곤거렸다. 세어 보니 한 사람당 열 대인 듯했다. 규훈의 신음이 펄펄 내리는 눈송이를 흔들었다. 규훈의 신음은 다소 엄살이 심했다. 한 대 맞을 때마다 어이구! 어이구! 소리쳤다. 각목이 엉덩이를 후려치는 소리는 마치 떡메에 놓인 떡을 치는 소리와 흡사했다. 용희는 세 대를 견디지 못하고 눈 더미로 꼬꾸라지는 쇼를 펼쳤다. 덕분에 녀석은 거기서 끝났다. 규학은 아무 움직임 없이, 신음조차 삼킨 채 빠따를 맞았다. 차례를 기다리는 진표의 입에서 흘러나온 긴 한숨이 얼굴 앞의 눈송이를 풀풀 흔들었다. 더 탐스럽게 눈이 내리는 밤이었다. 진표는 검둥이를 풀어 놓지 않은 걸 후회하며 손으로 엉덩이를 문질렀다. 같은 마을에 살면서 집을 알려 준 선배라는 인간이 인간 같지 않게 느껴지는 밤이었다.

"앞으로 조심해라."

그들은 여자애들을 데리고 언덕을 내려갔다. 진표와 친구들은 빠따를 맞았던 자리에 서서 그들의 뒷모습을 멍하니 바라보았다. 자꾸만 고개를 돌리는 분이의 모습을.

"에라이!"

그들이 시야에서 사라지자 진표와 친구들이 노래한

합창이었다. 그리고 하나둘 눈밭에 주저앉았다. 할아 버지 할머니들이 세월 앞에서 내뱉는 한숨을 흉내 내며. 진표는 두 손으로 눈을 한가득 퍼서 머리 위로 던지며 탄식을 흩뿌렸다.

"토끼만 한 마리 날렸잖아!"

한밤중에 각종 괴성이 난무하는 눈싸움이 한바탕 벌어졌다.

춤을 추며 놀던 방에 무수히 많은 토끼들이 뛰어 다녔다. 진표는 그 토끼들을 잡으려고 방 안에서 맴 을 돌았다. 좁은 방은 토끼를 잡으려 손을 내밀 때마 다 갑자기 운동장처럼 넓어졌다. 넓어졌을 뿐만 아니 라 방바닥 여기저기에 토끼 굴까지 생겨나 있었다. 토 끼들은 진표의 손에 잡히기 직전에 혀를 날름 내밀며 토끼 굴속으로 들어갔다. 그러곤 이내 다른 굴로 나와 방바닥을 뛰어다녔다. 마치 의도적으로 진표를 놀리 는 것 같았다. 마당에 묶어 놓은 검둥이를 데려와 토 끼를 잡고 싶었지만 그럴 수도 없었다. 검둥이가 토끼

를 산 채로 붙잡을 까닭이 없지 않은가. 진표는 운동
장처럼 넓어진 방을 땀을 흘리며 뛰어다녔다. 기어 다
녔다. 어떤 토끼들은 마치 빠따를 때리듯 진표의 엉덩
이를 치고 가기도 했다. 그때마다 퉁퉁 부은 엉덩이로
전기가 찌릿찌릿 흘러갔다. 한 마리의 토끼도 잡지 못
한 진표는 부엌으로 달려가 아궁이에서 불타고 있는
장작을 꺼내 들었다. 장작에 붙은 불을 끄자 매운 연
기가 무럭무럭 올라왔다. 진표는 그 장작을 토끼 굴
앞에 들이대고 연기를 후후 불었다. 눈이 매운 토끼
들은 후다닥, 후다닥, 방바닥과 토끼 굴을 드나들었다.
토끼들의 눈이 점점 벌겋게 변해 갔다. 눈물을 흘리며
달리는 토끼도 있었다. 이제 토끼를 잡는 건 시간문제
였다. 진표는 방바닥의 토끼 굴이란 굴에다 장작을 후
후 불며 연기를 집어넣었다. 토끼들의 비명이 들려왔
다. 토끼의 소리가 아니라 사람의 소리로 울고 있었다.
그리고 마침내 진표는 보았다. 토끼 굴에서 빠져나오
는 머리 없는 토끼를. 잘린 목에서 피가 뚝뚝 떨어지

는 토끼를. 앞발로, 그러니까 사람으로 치면 두 손에
김이 무럭무럭 솟는 간을 들고 나오는 토끼를. 잘라진
머리를 들고 나오는 토끼를……. 진표는 방바닥에 주
저앉았다. 연기가 꾸역꾸역 올라오는 장작을 문밖으
로 던지고 한 마리인지 여러 마리인지 분간하기 힘든
토끼들을 바라보았다. 토끼처럼 붉어진 눈으로. 토끼
들은 진표에게 말했다.

"살려 줘!"

"진숙아?"

토끼의 몸에 사람 얼굴을 한 식구들이 모여 앉아
울고 있었다.

❄ 산토끼 사냥

눈은 그치지 않았다. 더 심하게 퍼붓고 있었다. 라디오 뉴스에서는 강원 산간의 대설 주의보에 대해 전했다. 산간 오지 마을을 잇는 도로가 마비되었고 가까운 대관령 정상에는 1미터가량의 눈이 내린 모양이었다. 눈은 사나흘 더 내린 뒤에야 그칠 거라는 예보였다. 진표는 밥상을 보자기로 덮어 놓고 방문을 열었다. 마당의 눈은 1미터는 안 되지만 뜨럭까지 차올라 있었다. 그나마 바람 없이 내리는 눈이라 그리 사납지는 않았다. 진표는 각목에 맞아 화끈거리는 엉덩이를 까고 동그란 깡통에 들어 있는 신신파스를 손가락으로 퍼서 발랐다. 한마디로 치사한 선배들이었다. 춤추는 분이, 노래를 감상하는 분이, 허벅지를 꽉 조이는 분이의 청바지, 꿈속의 수상한 토끼들, 그리고……

　제재소로 가는 구불구불한 길에는 사람의 발자국이 없었다. 검둥이가 앞장서고 아버지의 털 장화를 신은 진표는 그 뒤에서 대충 걸어 다닐 수 있을 정도만 눈을 치며 이동했다. 마을 풍경의 대부분이 흰 눈으로 덮여 있었다. 집 앞 고속 도로에는 제설차가 밀어낸 눈이 도로 양쪽에서 높은 담으로 변해 큰 차가 지나가야 지붕이 조금 보일 뿐 자가용들은 아예 보이지도 않았다. 눈으로 만들어진 담이 자동차의 소리조차 대부분 흡수하는 터라 조용하기 이를 데 없었다. 평소와 달리 너무 조용해 덜컥 겁이 날 정도였다. 앞서 가는 검둥이 녀석은 마치 눈 속에서 머리만 내민 채 헤엄을 치는 것 같았다.

　"아무래도 사북에서 뭔 일이 터진 모양이다."

　"그게……. 탄광이 무너졌대요?"

"그건 아니고, 뭔 소린지 잘 모르겠는데 하여튼 골치 아픈 일이 생긴 모양이다."

부엌 입구의 눈을 수수 빗자루로 쓸고 있는 제재소 할머니의 굽은 등에 눈송이가 내려앉고 있었다. 골치 아픈 일이라니……. 진표는 제재소에서 키우는 개와 놀고 있는 검둥이를 불렀다.

"가축들 먹이 주는 거 잊어 먹지 말라 하더라. 친구들 불러서 딴짓거리 하지 말고."

"언제 온단 얘긴 없었어요?"

"올 때 되면 오겠지."

"참, 거기 전화번호 혹시 알아요?"

"아이고, 눈 참 지랄 맞게 온다!"

글을 쓸 줄 모르는 할머니가 전화번호를 알 까닭이 없었다. 진표는 넉가래를 질질 끌며 개울을 가로지른 나무다리를 건넜다. 대체 사북 작은댁에 무슨 일이 벌어졌단 말인가. 텔레비전에서 탄광 사고를 내보낼 때마다 동생을 염려하는 마음으로 아버지는 화면 앞에 바짝 다가가 앉곤 했었다. 진표는 걸음을 멈췄다. 옷에 쓸린 엉덩이와 허벅지가 화끈거렸다. 함께 맞은 친구들은 괜찮은지 모르겠다. 길옆의 눈은 지난번에 내린 것까지 합쳐 거의 진표의 허리께까지 쌓여 있었다. 앞서 가던 검둥이는 진표가 오지 않자 돌아서서 컹컹 짖었다. 개와 함께 쏟아지는 눈발 속으로 스르르 사라지는 기분이 들었다.

"검둥아, 토끼가 사라졌다."

진표는 검둥이의 머리를 쓰다듬어 주며 빈 토끼장을 가리켰다. 검둥이는 철망 너머의 토끼장을 바라보다가 시선을 진표에게로 돌렸다. 마치 다 알고 있다는 듯이. 그리고 눈발에 반쯤 지워진 집 뒤편 골짜기로 시선을 옮겨 컹컹 짖었다.

"잡으러 가자고?"

"컹!"

"안 돼. 눈이 너무 많이 내리잖아. 잘못하면 눈에 파묻혀 죽을지도 몰라."

"……끄응."

그러고 보니 토끼는 동생들이 가장 아끼고 좋아하는 가축이라는 사실이 그제야 떠올랐다. 아직 어려서 토끼가 먹을 풀을 뜯어 오지는 못했지만 토끼에게 먹이를 주는 일은 빠트리는 법이 없었다. 그런 토끼를 잡아먹었으니. 아마 동생들은 집으로 돌아와 토끼가 사라진 걸 알면 울고불고 난리를 칠 게 틀림없었다. 진표는 빈 토끼장과 눈 덮인 산골짜기 사이에서 갑자기 길을 잃어버린 심정이 되었다.

"산에 간다고 꼭 토끼 잡는다는 보장도 없잖아?"

검둥이는 작정이라도 했는지 진표의 바지를 물고 끌어당겼다. 자기가 적극적으로 도와주겠다는 듯이. 사실 검둥이는 어느 해 겨울, 고라니를 잡아 온 적도 있었다. 물론 토끼도 있었다.

"너는 산짐승을 잡으면 죽여 버리잖아?"

"컹!"

"산 채로 잡을 수 있다고?"

"컹!"

"에이, 정말!"

내복 위에 바지를 두 벌이나 더 껴입었다. 양말도 세 켤레를 신었다. 위도 마찬가지였다. 복장을 모두 챙기고 거울을 보니 이건 거의 에스키모나 다름없었다. 마지막으로 털 장화를 신고 밖으로 나오니 걸음이 거의 어기적어기적 수준이었다. 잠바 안주머니엔 라면 두 봉과 비닐봉지에 싼 무엇이 들어 있었다. 마지막으로 아버지의 지게 작대기를 한 손에 잡으니 이번엔 옛날 장수처럼 보였다. 마당에서 진표를 기다리는 검둥이는 평소와 그대로였다. 손목시계의 시간을 확인하고 진표는 비장하게 소리쳤다.

"출동!"

여자애들과 제대로 놀지도 못하고 죄 없는 집토끼만 한 마리 잡아먹은 셈인데 결국 그 토끼를 대체할 산토끼를 잡으러 산으로 향하는 것이었다. 설피를 착용했지만 눈 덮인 산길을 걷기란 쉽지 않았다. 냄새를 잘 맡는 검둥이가 있긴 하지만 토끼를 잡을 수 있을지도 의문이었다. 눈이 그쳐야 토끼가 뛰기 때문이었다. 토끼가 뛰어야지만 그 발자국을 보고 쫓아가는데 눈이 내리는 동안에는 대부분의 산짐승들이 움직이지 않고 덤불 밑이나 굴속에 숨어 있는 게 보통의 생리였다. 결국 검둥이의 동물적 후각에 기대는 방법밖에 없었다. 아니나 다를까. 네 발로 걷는 검둥이는 눈에 깊이 빠지지도 않은 채 눈 속에 코를 디밀고 킁킁거리며 앞서서 산골짜기로 들어갔다. 토끼를 찾아내기만 한다면 산 채로 사로잡기는 그 어느 때보다 쉬웠다. 눈이 많이 내려서 멀리 달아나지 못하고 눈 속에 처박힐 게 틀림없으므로. 그러나…… 아무리 뒷산이라지만 눈 덮인 산은 높고 깊고 험했다.

물론 길을 잃을 염려는 없었다. 사시사철 수십 번도 더 산속을 쏘다니며 놀았기 때문이다. 골짜기의 끝까지 들어간 진표는 눈 위에 주저앉아 땀을 식혔다. 다래나무 덤불 밑을 뒤지던 검둥이가 다가와 뒹굴며 장난을 걸었다. 진표는 눈을 뭉쳐 한 방 먹였다. 눈 덕분에 검둥이는 반쯤 흰둥이가 된 것 같았다. 녀석은 마치 어린이대공원에 놀러온 어린아이 같았다. 호주머니에서 꺼내 건네준 라면을 검둥이는 아작아작 씹어 먹었다. 진표도 라면 조각을 우적우적 씹어 먹었다.

"너도 짐승인데 산에서 살 생각 없어?"

"……컹!"

"산에서 살면 대장 노릇을 할 수 있잖아. 너보다 센 녀석은 없을 거야. 너, 산돼지도 이기잖아?"

"컹!"

"뭔 소리야? 말을 해. 말을 해야 내가 알지."

"……"

라면을 다 먹은 진표는 호주머니에서 비닐봉지에 싼 작은 꾸러미를 꺼내 끌렀다. 비닐 안에는 종이로 한 겹 더 싼 담배와 성냥이 나왔다. 아버지가 피우다 놔둔 담뱃갑에서 몇 개비 훔쳐 온 담배였다.

"나중에 이르면 죽는다! 말을 못 하니 그럴 리야 없

겠지만."

"끄응."

통성냥곽에서 조금 찢어 온 종이에다 성냥을 긋자 피식 하는 소리와 함께 불이 붙었고 진표는 재빨리 입에 문 담배에 불을 붙였다. 연기를 삼키자마자 기침이 쏟아져 나왔다. 검둥이도 놀란 듯 끙끙거렸다. 진표는 아버지 흉내를 내어 다시 담배 연기를 들이켰다. 몇 초간의 침묵. 그리고 한꺼번에 쏟아지는 기침. 진표는 눈물 콧물 다 흘리며 한동안 기침을 했다. 진표의 첫 담배는 그렇게 눈 속에서 꺼져 버렸다. 검둥이가 긴 혀로 진표의 뺨을 핥아 주었다. 소나무 가지에 쌓였던 눈이 담배 연기처럼 날리는 골짜기였다.

"토끼나 잡으러 가자."

속옷이 땀에 흠뻑 젖고 힘이 빠져 갈 무렵 네 번째로 들어간 골짜기 중간쯤에서 검둥이는 마침내 토끼를 찾아냈다. 눈을 뒤집어쓴 봉분처럼 생긴 찔레나무 덩굴 아래에서였다. 눈을 피해 조용히 숨어 있던 토끼는 당연히 놀란 얼굴로 뛰쳐나왔다. 엷은 먹빛 털을 가진 토끼였다. 검둥이가 맹렬하게 짖으며 도망치는 토끼를 쫓았고 진표도 지게 작대기를 장검처럼 든 채 그 뒤를 쫓았다. 평소의 토끼가 아니었고 평소의 검둥이도 아니었으며 평소의 진표도 아니었다. 골짜기에 쌓인 눈은 그 셋을 마치 희극의 한 장면처럼 만들어버렸다. 달리던 토끼가 눈 속에 처박히면 이어 검둥이가 개울이 있는 비탈로 주르륵 미끄러져 내려가 잠시 자취를 감췄다가 나타났다. 진표도 허리까지 잠기는 눈구덩이 속에서 허우적거렸다. 사실 진표는 차라리 토끼가 나타나지 않았으면 싶었다. 네 번째 골짜기 끝에까지 간 뒤 적절한 핑계의 말을 남기고 집으로 돌아갈 생각이었다. 그 시점에 모습을 드러낸 토끼는 당연히 죽기 살기로 뛰었고 오랜만에 산토끼를 본 검둥이도 쉽게 포기하지 않았다. 그렇게 셋은 눈 덮인 골짜기 속으로 점점 더 깊이 들어갔다. 가장 유리한 존재는 그래도 몸이 가장 가벼운 토끼였다. 개 짖는 소리가 진동하는 골짜기에서 토끼는 저만치 앞서가다가 간혹 멈춰 서서 뒤를 돌아다보았다. 여유가 아니라 습관이란 걸 진표는 알고 있었지만 검둥이는 그 사실을 모르는 것 같았다. 당연히 자존심에 상처를 입고 더 사납게 짖으며 쫓아갔다. 턱에 받치는 더운 숨을 눈 위에 토해 놓으며. 그러면 토끼는 다시 골짜기 속으로 달아났다. 눈은 골짜기로 들어갈수록 그 양이 점점 더 많아졌다. 바람에 날려 온 눈이 모두 골짜기로 쏟아진 탓이었다. 잘못 발을 디디면 사람 키가 넘는 눈구덩이에 빠질 위험이 도사리고 있었다. 진표는 눈대중으로 평상시의 길과 그 옆 개울을 헤아리거나 지게 작대기로 미리 눈을 찔러 보며 토끼와 개를 뒤쫓았다. 토끼와 검둥이의 거리는 좁혀질 듯 좁혀지지 않았다. 토끼의 실수가 없는 한 눈 더미 속에서의 토끼 사냥은 실패로 돌아갈 수밖에 없겠다는 생각이 들었을 때는 이미 골짜기 끝 마가리에서였다. 진표는 검둥이의 목사리를 잡고 강제로 붙잡아 세웠다. 토끼는 산비탈 저만큼 위에서 두 귀를 쫑긋 세운 채 둘을 내려다 보고 있었다. 얄미운 자세를 취하고서.

"검둥아, 숨 좀 돌리자."

"컹컹(저놈의 토끼 새끼 잡히기만 해 봐라)!"

"이대로는 안 돼. 작전을 바꾸자."

"끄응(작전을 바꾸다니 그게 뭔 소리예요? 아, 열 받아)!"

"괜찮아. 진정하고 일단 좀 쉬어."

"컹컹(이러다 저 토끼가 도망가면 어쩌려고요)?"

"조용히 해! 도망가 봤자 거기가 거기야."

토끼에게로 달려가려고 힘을 쓰는 검둥이의 머리를 진표가 가볍게 손바닥으로 후려치고 나서야 비로소 검둥이는 한 꺼풀 고집을 꺾었다. 산비탈 위의 토끼는 이해할 수 없다는 듯 고개를 갸웃거리며 움직이지 않고 아래를 내려다보았다. 진표는 아예 토끼를 등지고 눈 위에 앉았다. 검둥이의 자세도 반대로 돌려놓은 뒤 진표는 주머니에서 라면을 꺼냈다. 힘을 채워야만 했다. 라면의 반을 잘라 검둥이에게 주었다. 땀을 뺀 뒤의 라면 맛은 그만이었다. 목이 마르지 않도록 천천히 씹어 먹었다. 라면 스프를 조금 뿌리자 더 기막힌 맛이 나왔다. 라면을 먹으면서도 뒤돌아보고 싶은 욕구를 감추지 않는 검둥이의 목사리를 꽉 잡은 채 진표는 마침내 호흡을 정상적으로 되돌려 놓았다. 그리고 천천히 고개를 돌렸다, 토끼가 있는 산비탈로.

토끼는 당연히 거기 없었다.

"괜찮아, 검둥아. 눈 위에 발자국이 있잖아."

"컹(역시 넌 뭔가가 달라)!"

"기본이지. 이제 우린 배도 채웠으니까 토끼 발자국을 따라 천천히 따라가기만 하면 되는 거야."

검둥이는 눈이 내리는 하늘을 보며 짖었다.

"설마 눈이 하늘에서 사태가 나듯 내리겠냐. 자, 가자. 그리고 토끼란 놈은 원래 한 바퀴 돌아 제자리로 돌아오는 습관을 가지고 있어."

검둥이가 진표의 손등을 혀로 썩썩 핥았다.

본격적인 산행이 시작되었다. 진표와 검둥이는 눈 위에 찍혀 있는 토끼의 발자국을 따라 산책하듯 천천히 걸었다. 토끼 발자국의 방향을 놓고 볼 때 산 등날로 올라가 능선을 타고 이동하다가 다시 골짜기로 내려올 게 분명했다. 토끼의 행동반경이 호랑이만큼 넓을 수는 없었다. 한 시간여 정도 산을 타면 어렵지 않게 토끼의 두 귀를 움켜잡고 집으로 돌아갈 수 있었다. 비록 잡아먹은 토끼와 같은 토끼는 아니겠지만.

"검둥아, 마치 내가 용궁에서 파견 나온 별주부 같다."

나뭇가지에 쌓였던 눈이 임계에 다다르자 풀썩풀썩 기침을 했다. 눈가루가 바람에 날리는 이불보처럼 펼쳐졌다가 사라졌다. 설피를 신었는데도 눈은 거의 무릎까지 빠졌다. 소나무 군락지여서 그나마 눈이 덜 쌓여 있는 거였지만 대신 산비탈의 경사도가 심해 걷는 게 만만치 않았다. 산 등날에 올라서야 걷는 게 수월할 것 같았다. 식었던 땀이 등과 겨드랑이에서 다시 솟아났다. 토끼는 앞다리가 짧아서 산을 잘 올라가는 게 특기지만 결국 그 조건 때문에 토끼 사냥을 하는 사람은 산 위에서 아래로 토끼를 몰곤 했다. 내리막에서 한없이 약한 게 토끼의 한계였다.

"넌 별주부의 호위무사고."

검둥이는 도망가던 토끼가 눈 위에 쏟아 놓은 동글동글한 똥에 코를 대고 킁킁거렸다. 진표는 산 등날에 도착해 숨을 돌렸다. 소나무 가지 사이로 저 아래에 자리한 고속도로와 마을이 보였다. 굴뚝에서 연기가 올라오는 집도 있었다. 진표는 집을 찾아 기웃거렸다. 혹시 식구들이 모두 돌아온 건 아닐까. 그러나 눈 덮인 지붕 옆에 서 있는 굴뚝에선 연기가 피어오르지 않았다. 진표와 검둥이는 앙증맞은 토끼 발자국을 따라 다시 눈 덮인 능선을 걸었다. 토끼는 특이한 짐승이었다. 아무리 다급해도 가던 길만 고집하는 버릇이 그것이다. 그 길이 올가미 속으로 들어가는 길이라 해도. 사람들은 어떻게 산토끼의 모든 것을 알아냈을까. 단지 고픈 배를 채우기 위해서 산토끼의 뒤를 쫓은 것일까. 그러다가 눈 위에 찍혀 있는, 지울 수 없는 토끼의 발자국을 보고 연구를 거듭한 것일까. 그렇다면 왜 토끼는 자신의 습성을 버리지 못하는 걸까. 눈 위에 찍힌 발자국을 지우며 가면 될 것을.

"컹!"

참나무 능선에서 검둥이가 짖었다. 저만치 앞에 있던 토끼가 화들짝 놀라 달아났다. 말 잘 듣는 검둥이도 약이 올랐는지 달리기 시작했다. 검둥이를 붙잡아 진정시키려던 진표는 눈 속으로 넘어졌다. 어쩔 수 없이 눈도 털지 못한 채 진표도 뛸 수밖에 없었다.

산토끼 앞에선 이성이고 뭐고 아무 소용도 없는 것 같았다.

❄ 동굴

산토끼 한 마리를 잡으려고 도대체 몇 개의 산을 넘었는지 모르겠다. 온몸이 땀으로 젖어 있었다. 검둥이도 혀를 길게 빼놓은 채 헉헉거렸다. 눈 위에 주저앉은 진표는 토끼가 사라진 넓은 산죽(山竹)밭을 멍하니 바라만 보았다. 산비탈 아래의 산죽들은 대단히 촘촘하게 자라고 있어 사람이 들어가기가 쉽지 않은 곳이었다. 눈도 산죽의 푸른 잎 위에만 잔뜩 쌓여 있을 뿐 그 아래에는 낮인데도 컴컴한 어둠만이 가득했다. 산죽이 밀집한 어둠 속으로 들어간 토끼를 잡는 방법은 많지 않았다. 나올 때까지 밖에서 기다리거나 아니면 기어서 들어가는 수밖엔 없었다. 넓은 산죽밭의 어디로 토끼가 나올지 알 수 없었기에 기다리는 것에도 한계가 있었다. 들어가는 것도 마찬가지였다. 키가 허리밖에 오지 않는 산죽이었기에 기어들어 가면 행동도 불편했고 또 캄캄해서 어디에 숨어 있는지 찾기가 쉽지 않았다. 다리가 네 개인 개는 자칫하면 영원히 갇혀 버릴 위험도 도사리고 있었다. 진표는 산죽밭으로 들어가려고 힘을 쓰는 검둥이의 옆구리를 주먹으로 쥐어박았다.

"넌 입이 열 개라도 할 말이 없어!"

검둥이도 진표의 지적을 인정하는 눈치였다. 시간도 많이 지났고 힘도 거의 고갈된 상태였다. 산토끼 한 마리에게 당한 모욕을 조금이라도 풀 방법을 찾으려고 진표는 머리를 굴렸다.

눈을 이고 있는 산죽밭의 어둠 속에서 토끼가 낄낄거리는 소리가 들리는 듯했다.

"불을 피워서 연기를 들여보낼까?"

그러나 사방 어디에도 불을 피울 만한 불쏘시개는 찾을 수 없었다. 진표는 산죽밭 가까이 접근해서 컴컴한 속을 들여다보았다. 검둥이도 머리만 들이민 채 코를 킁킁거렸다. 토끼는 보이지 않았다. 검둥이는 토끼의 냄새를 놓쳐 버린 모양이었다.

"검둥아, 집으로 가자."

휘청거리고 눈밭에 푹푹 빠지는 다리를 끌고 진표는 검둥이와 함께 산죽밭을 돌았다. 산속은 빨리 날이 어두워진다. 산죽밭이 있는 골짜기는 집 뒤편의 골짜기가 아니라 한참 떨어진, 옆의 옆에 자리한 골짜기였다. 폭설 속이어서 집까지는 넉넉잡아 삼사십 분은 걸어야 되는 거리였다.

토끼 간 하나를 구워 먹고 치르는 대가치곤 좀 심하다 싶었지만 어쩔 수 없었다. 집에 있는 나무스키를 가져왔으면 훨씬 편하게 골짜기를 내려갈 수 있었지만 그 또한 도로 나무아미타불이었다.

"가만!"

산죽밭을 에돌아 본격적으로 골짜기 길로 접어들려던 차에 진표와 검둥이는 거의 동시에 숨을 멈추고 눈 위를 살폈다. 검둥이는 짖지 않고 나지막하게 으르렁거렸다. 잎이 모두 떨어진 오미자 덤불 사이로 마치 자그마한 눈 뭉치가 굴러간 듯 토끼 발자국이 찍혀 있었다. 진표는 고개를 들고 그 발자국이 사라진 곳을 헤아렸다. 그쪽은 바위가 많은 산비탈이었다. 진표는 토끼 발자국 앞에 앉아 웬일인지 짖지 않고 으르렁거리기만 하는 검둥이의 목사리를 잡은 채 바위산을 노려보다가 무릎을 쳤다.

"동굴."

그렇다. 바위산 중턱에는 동굴이 있었다. 진표도 언젠가 친구들과 함께 그 동굴에 들어가 박쥐를 잡아 본 적이 있었다. 옛날 전쟁 때는 피난민들이 숨어 있기도 했다는 곳이었다. 입구는 기어서 들어가야 했지만 안은 사람 대여섯 명이 잠을 잘 수 있을 정도의 크기였다. 과연 토끼가 그 굴속으로 들어가 숨었을까. 힘들여 바위산을 올라갔다가 허탕을 칠 수도 있었다. 진표는 눈송이가 쏟아지는 하늘을 살폈다. 날이 저물려면 다소의 여유는 있어 보였다. 토끼를 산 채로 잡아 토끼장에 가두고서 두고두고 오늘 당한 수모를 되돌려 줘야만 했다. 토끼가 굴속에 들어가 있기만 한다면 그 어떤 경우보다 잡기 쉬울 게 틀림없었다.

"가자!"

검둥이는 왠지 내키지 않아했다.

"왜?"

"……"

"넌 눈앞에 있던 토끼 한 마리도 못 잡은 주제에 자존심도 없냐?"

한집에서 오래 살아온 개는 이 정도 말만 해도 알아듣는 법이다. 검둥이는 마지못해 진표의 뒤를 따라 눈이 덮여 미끄러운 바위산을 올라왔다. 토끼의 발자국은 동굴이 있는 곳으로 점점이 찍혀 있었다. 물론 진표도 검둥이가 동행하지 않았더라면 동굴로 향할 엄두를 내지 않았을 것이다. 마을에서 떠도는 동굴에 관한 옛 소문 중 좋지 않은 소문도 많았기 때문이다. 소문은 소문일 뿐이었지만 그래도 찜찜한 건 어쩔 수 없었다. 토끼 발자국은 주변에 피 한 방울 없이 너무도 평온하게 동굴로 향하고 있어 그나마 다소 안심이 되었다.

"도착하면 네가 바로 들어가는 거야. 나는 입구에서 뛰쳐나오는 걸 잡을 테니. 알았지?"

동굴 근처에서 진표는 검둥이에게 작전 지시를 내렸다. 검둥이는 여전히 달가워하지 않는 눈치였다. 자꾸만 뒤를 돌아다보았다.

"겁을 먹은 거야?"

"……"

"알았어. 내가 들어갈 테니 니가 밖을 지켜. 안에서 무슨 일 생기면 바로 들어오고."

그제야 검둥이는 진표의 손을 혀로 핥았다.

"너 개치고 은근히 겁이 많다. 설마 저 굴속에 호랑이라도 있겠냐?"

말은 그렇게 했지만 진표의 가슴은 이미 두 방망이질을 치고 있었다. 다행히 동굴 입구에는 토끼의 발자국 외에는 아무것도 보이지 않았다. 눈 위에 찍힌 토끼의 마지막 발자국 방향은 분명 사람 하나가 겨우 들어갈 좁은 입구의 굴속을 향하고 있었다. 진표는 숨을 멈추고 굴속의 동정에 귀를 기울였다.

"이상한 낌새가 보이면 바로 들어와야 돼. 알았지?"

진표는 마지막으로 검둥이에게 당부를 하고 어두운 굴속으로 두 손을 디밀어 더듬었다. 손전등이 필요하다는 사실은 두 발까지 다 들어간 다음에야 깨달았다. 도로 나가고 싶은 생각이 간절했지만 자존심상 그럴 수도 없었다. 조금씩 배밀이를 하며 들어가는 게 전부인 좁은 굴속이었다.

진표는 두 손으로 눈을 비볐다. 그곳은 밖에서 생각했던 것만큼 그렇게 어둡지 않았다. 어디선가 빛이 들어오고 있었다. 그렇게 춥지도 않았다. 바닥에는 일부러 깔아 놓은 듯한 마른 나뭇잎들도 있었다. 다만 냄새는 그다지 좋지 않았다. 노린내와 지린내가 뒤섞여 솔솔 피어났다. 그리고 정체를 알 수 없는 다른 냄새까지. 진표는 일종의 통로 역할을 하는 굴 입구에 엎드려 점점 시야가 분명해지는 굴속의 방을 살폈다. 폭설로 뒤덮인 산에서 내내 쫓던 토끼가 돌 벽에 기대 있는 걸 발견하자 내심 반가운 마음마저 들었다. 그들은, 아니 산짐승들은 모두 돌 벽에 기댄 채 무엇인가를 계속해서 우물우물 먹고 있었다. 진표는 다시 눈을 비비고 산짐승들의 행동거지를 살폈다. 동굴 속에는 산토끼 외에 멧돼지, 고라니, 너구리, 오소리……. 산짐승들이 모여 있었다. 아무래도 그중에서 가장 무서운 녀석은 견치가 삐져나온 멧돼지였는데 왠지 생각했던 것보단 온화한 표정이었다. 그나마 곰이나 늑대, 여우, 호랑이가 없는 건 천만다행이었다. 춥고 눈이 많이 내리는 겨울에는 안전한 동굴 속에서 함께 모여 지내는 모양이었다. 진표는 태연하게 입을 오물거리는 토끼를 어떻게 밖으로 끌고 나갈 것인가를 고민했다. 밖에서 대기하고 있는 검둥이를 불러들이면 다른 짐승들이 동요를 할까? 멧돼지만 없다면 강제로라도 끌고 나갈 수 있겠는데 왠지 녀석들은 과는 달랐지만 한 가족처럼 보여 섣불리 판단하기 어려웠다. 진표는 엉덩이걸음으로 천천히 토끼에게 다가갔다. 아니나 다를까, 녀석은 바짝 긴장한 듯 입놀림을 멈추고 동그란 눈을 치뜬 채 가까이 다가오는 진표를 노려보았다. 진표는 엉덩이를 끌며 이동하다가 그제야 동굴 속의 짐승들이 계속해서 먹고 있는 것이 무엇인지를 알아내곤 입을 벌렸다.

　이게 뭐야……. 마늘과 쑥이잖아.

　토끼 옆으로 비집고 들어간 진표는 답을 바라는 얼굴로 동굴 속의 산짐승들을 둘러보았다. 그러나 짐승들은 말없이 독한 마늘과 쑥만 먹을 뿐이었다. 정체를 알 수 없었던 냄새는 바로 마늘과 쑥 냄새였다. 마치 아주 오래된 신화 속의 그 동굴에 들어와 있는 기분이었다. 곰과 호랑이는 아니었지만. 짐승들의 표정을 보니 이미 마늘과 쑥에 상당히 길들여져 있는 것 같았다. 마치 수도승들처럼 고요한 얼굴로 앞에 놓인 쑥과 마늘을, 손을 이용하지 않고 직접 입으로 먹거나 아니면 작은 앞발로 통마늘을 감싼 채 갉아 먹고 있었다. 진표는 더 이상 궁금증을 참지 못하고 옆에 있는 토끼에게 물었다.

"설마…… 인간이 되겠다고 이걸 먹고 있는 건 아니겠지?"

"인간이 되려고 먹는 거야. 끄윽!"

토끼의 입에서 마늘 냄새가 확 피어났다. 진표는 코를 막았다.

"왜?"

"인간이 되고 싶으니까."

"이게 정말 가능한 일이라고 믿는 거야?"

"그러니까 먹는 거지."

토끼가 아닌 다른 짐승이 대답해 주길 바랐지만 아무도 입을 열지 않았다. 진표는 바닥에 배를 깔고 앉아 쑥을 우적우적 씹고 있는 멧돼지를 슬쩍 훔쳐보았다. 멧돼지는 처음부터 진표에겐 아예 관심조차 없었다. 고라니가 가끔 맑은 눈으로 진표를 바라보다가 눈이 마주치면 수줍음 많은 소녀처럼 얼른 피할 뿐이었다. 진표가 하는 말을 다른 짐승들은 아예 귀에 담지도 않는 것 같았다. 그나마 조금의 인연이 있다고 대답을 해 주는 토끼에게 고마움을 느낄 지경이었다.

"아주 옛날에는 어땠는지 모르겠지만 지금은 과학적으로 불가능한 일이야."

"과학이 뭔데?"

"······그러니까, 하여튼 미신 이런 거 말고 분명하게 증명할 수 있는 거. 마늘과 쑥을 먹고 인간이 된 경우를 직접 본 적이 있어?"

"응. 많아."

"많다고?"

"응. 너 요즘 산에서 호랑이나 곰, 여우, 늑대 본 적
있어?"

"없어. 다 멸종됐잖아?"

"멸종된 게 아니라 이거 먹고 사람이 된 거야."

"뭐?"

"성가시니까 이제 그만 가라. 아까 산에서 고생시킨
건 미안했어. 하지만 어쩔 수 없잖아. 나도 살아야 하
니까."

진표는 기가 차서 말이 안 나왔다. 아니, 말이 안 통
했다. 그럼에도 호랑이, 곰, 늑대, 여우들에 대해 알아
듣게 말을 해야만 했다.

"전쟁 때 모두 죽거나 사냥꾼들이 총으로 잡아서
멸종된 거야!"

"두 눈으로 직접 봤어?"

"……그건 아니지만."

"거 봐. 헛소문에 속은 거 맞잖아. 하여튼 방해되니
까 여기서 빨리 나가. 저기 멧돼지 아저씨 화나면 진

짜 무서워."

안쪽으로 휘어진 멧돼지의 견치를 진표는 훔쳐보았다. 사냥개도 견치에 잘못 걸리면 치명타를 입는다는 소문은 익히 들어 알고 있었다. 하지만 말도 안 되는 토끼의 주장을 수긍하고 굴 밖으로 나갈 수는 없었다. 진표는 갑자기 뒤죽박죽이 된 머릿속을 정상으로 돌려놓으려고 주먹으로 머리를 툭툭 쳤다.

"마늘은 어디서 난 거야? 이 동네 산에선 이런 거 안 자라는데."

"야, 우리가 이깟 마늘 하나 못 구할 것 같아?"

진표는 고민에 빠졌다. 동굴에서 나가 집으로 돌아가야 하는지 계속 동굴에 머무르면서 쑥과 마늘을 먹는 짐승들을 지켜봐야 하는지 판단하기 애매했다. 뭔가 농락을 당한다는 느낌도 들었고 또 토끼의 말이 사실이라면 앞으로의 일들이 궁금하기도 했다. 책에서나 보았던, 그것도 도통 믿기지 않았던 장면을 직접 보고 있는 것이었다. 진표는 한층 부드러워진 목소리로 토끼에게 물었다.

"언제까지 먹어야 사람이 되는데?"

"거 참, 귀찮아 죽겠네. 이번 겨울 다 가야 돼."

"근데 넌 왜 아까 동굴 밖을 돌아다녔어?"

"방황했다 왜! 넌 방황도 안 하냐?"

토끼의 눈은 마늘을 많이 먹어서인지 새빨갛게 변해 있었다. 금방이라도 터질 것 같은 그 눈을 바라보던 진표는 그제야 자신이 동굴에 들어온 목적을 떠올리곤 회심의 미소를 지었다. 가장 힘이 센 멧돼지가 어떻게 나오느냐가 관건이었지만 일단 말을 꺼내기로 작정했다. 산짐승들의 행동이 무척 흥미로웠지만 언제까지 굴속에서 머물 수는 없었기에.

"나는 널 잡으려고 여길 들어왔어. 그리고 가능하면 널 잡아갈 생각이야. 니 생각은 어떠냐?"

토끼는 별다른 반응을 보이지 않는 주변을 재빨리 둘러보았다. 쫑긋 세운 귀가 미세하게 떨리고 있는 걸 진표는 놓치지 않았다. 저들은 동굴에서 같은 목적을 가진 채 모여 있을 뿐이지 어떤 연대감은 없어 보였다. 토끼도 그 점을 눈치 챈 듯했다. 자기 입으로 쑥과 마늘만 먹는 게 지겹고 힘들어 굴을 벗어나 방황을 했다고 털어놓았으니 잡아간다고 해도 다른 짐승들은 크게 신경 쓰지 않을 게 틀림없다고 진표는 판단했다. 한번 굴을 떠난 토끼는 또 떠날 확률이 매우 크다는 건 진리 중의 진리였다. 그게 토끼가 아닌 다른 무엇이라 해도. 동안거의 분위기를 깨는 수도자를 감싸 줄 수도자는 없었다. 진표는 한 발 더 나가 쐐기를 박았다.

"굴 밖엔 우리 집 검둥이가 지키고 있어."

토끼는 씹고 있던 마늘을 뱉었다. 한마디로 개똥을 밟은 표정이었다.

"아, 잡아먹을 생각은 없어. 집에 빈 토끼장이 하나 있어. 거기서 살면 돼. 내 동생들이 토끼를 무척 좋아하거든."

토끼는 아무도 자기에게 관심을 가져 주지 않는 동

굴 속의 짐승들을 마지막인 듯 천천히 둘러보았다. 진표의 손은 마음만 먹으면 언제라도 토끼의 두 귀를 움켜잡을 수 있었다. 마늘과 쑥 냄새가 피어나는 동굴 속에서 장고에 들어간 듯한 토끼를 재촉하듯 굴 밖에서 굴속을 향해 검둥이가 처음으로 짖었다. 다른 짐승들의 입놀림이 순간 멈췄다가 다시 이어졌다. 하여튼 타이밍 하나는 잘 맞추는 검둥이였다. 진표는 한마디 더 거들었다.

"우리 집에 가면 당근과 콩깍지는 매일 먹는다."

동굴 속 짐승들의 입놀림이 다시 멈췄다가 천천히 재개되었다. 토끼는 붉은 눈으로 진표를 지그시 바라보더니 마침내 입을 열었다.

"너, 말하는 토끼랑 살아 봤어?"

"……뭐?"

"내가 너희 부모님한테 니가 잘못한 일에 대해 일일이 고자질해도 돼? 몰래 술 마시고 아버지 담배 훔쳐 피운 거, 그런 거 말이야."

생마늘을 한 움큼 삼킨 듯 진표의 뒤통수로 뜨거운 무엇이 올라오고 있었다. 빈손으로 집에 돌아가야 한다는 토끼의 당부였다. 토끼는 굴에서 나가려는 진표의 뒤통수에 대고 마지막 말을 던졌다.

"그리고…… 너희 식구들이 진짜 사북에 갔다고 생각해?"

❋ 미지의 그녀에게

밤이 깊었습니다.

며칠째 퍼붓는 눈이 세상의 길을 모두 지워 버리는
밤입니다. 마치 이 세상에 나 혼자 뚝 떨어져 나와 눈
속에 파묻혀 고립돼 있는 느낌입니다. 이곳은 강원도
대관령이란 곳이고 저는 몇 년 전에 이 산골짜기로 홀
로 들어와 작은 목장을 운영하며 자연과 벗하며 살아
가고 있는 청년입니다. 왜 혼자 살고 있느냐고요? 세
상사에 환멸을 느꼈기 때문이지요. 일일이 설명하지
않더라도 잘 알고 계시리라 믿습니다. 요즘 우리나라

의 정치를 보면 한마디로 가관이라고 생각합니다. 차라리 저 눈보라가 계엄령의 세상을 한꺼번에 덮어 버렸으면 좋겠습니다. 그다음에 새로운 꽃이 얼어붙은 눈을 뚫고 피었으면 얼마나 아름답겠습니까. 죄송합니다. 모든 걸 잊으려고 산속에 들어왔는데 나도 모르게 또 욱하고 말았습니다. 초면에 결례를 저지른 것 같아 황송하기 이를 데 없군요. 그곳 광주도 지금 눈보라의 세상입니까? 아, 그곳은 여기보다 한참 남쪽에 있으니 겨울이라도 따스하겠군요. 한 번도 가 본 적이 없어서…….

진표는 규학이 집에서 빌려 온 낡은 '선데이 서울'과 '펜팔 독본', 두툼한 편지지를 덮어 놓고 방바닥에 드러누웠다. 양철로 만든 석유 등잔의 자그마한 불꽃은 검은 실오라기 같은 연기를 피워 올리며 방을 밝혔고 자정 너머의 라디오에선 먼 흑룡강성에 사는 동포들에게로 보내는 애절한 방송이 흘러나왔다. 진표는 두 손을 들어 등잔 받침대에 올려놓은 등잔 앞에 대고 손가락을 이리저리 움직였다. 벽에 낯선 그림자가 만들어졌다. 귀를 치켜세운 개 같기도 하고 어찌 보면 포구 위에 떠 있는 갈매기처럼 보이기도 했다. 콧바람에 불꽃이 일렁거릴 때마다 움켜잡은 두 손은 가만히 있는데도 벽의 그림자는 모습을 바꿨다. 진표는 벽에서 변신을 거듭하는 짐승들을 바라보다가 손의 움직임을 멈췄다. 낡은 벽지에서 귀를 까딱까딱 움직이고 있는 녀석은 분명 동굴 속에서 본 그 토끼였다. 토끼를 다시 떠올리자 사라져 버린 줄 알았던 부아가 슬금슬금 치밀었다. 건방진 토끼였다. 웃기는 토끼였다. 토끼 아닌 토끼였다. 한마디로 진표를 우스갯거리로 만든 토끼였다. 동굴을 나와 어떻게 눈 덮인 산을 허위허위 내려왔는지 모르겠다. 동굴 속에서 벌어진 모든 게 믿어지지 않았다. 모두 엉터리였음이 분명한데 왜 그 안에선 그렇게 멍청하게 행동했는지 알 수 없었다. 심지어 어느 순간부터는 토끼의 말을 믿기까지

했다. 마늘과 쑥을 먹고 인간이 되려 한다는 것을, 말을 하는 토끼를, 식구들에 대해 떠벌리는 토끼를. 다시 토끼를 만난다면 그땐 인정사정 보지 않겠다는 각오를 했지만 부아는 가라앉지 않았다. 대체 어떻게 된 노릇이란 말인가. 짧은 머리를 벅벅 긁었지만 허연 비듬만 떨어질 뿐 납득되는 건 하나도 없었다. 다만 벌건 대낮에 토끼에게 홀렸다는 것밖에 할 말이 없었다. 진표는 벽의 그림자를 지우고 밀쳐놓았던 편지지와 '펜팔 독본', '선데이 서울'을 다시 끌어왔다.

당신의 이름을 '선데이 서울'의 펜팔 방에서 발견했을 때의 감격을 아직도 잊을 수가 없습니다. 마치 마른하늘에서 떨어진 번개를 맞은 것 같았습니다. 단지 이름 하나만 가지고서도 제 가슴은 한없이 떨렸습니다. 한 번도 가 본 적이 없는 먼 남녘땅. 그곳은 어떤 곳인가요? 산이 많습니까? 바다는 얼마만큼 떨어져 있습니까? 이런 막연한 질문밖에 드리지 못하는 저의 아둔함을 용서해 주시기 바랍니다. 그럼에도 또 질문들이 쏟아져 나옵니다. 부모님은 어떤 분들인지요? 오빠나 동생들은? 무슨 일을 하고 계신지요? 그렇게 아름다운 이름은 누가 지어 준 것인지요? 너무 많은 질문을 드렸군요.

오늘은, 아니 어제는 집에서 기르는 똑똑한 진돗개를 데리고 눈 덮인 산에 갔었습니다. 보통 집에서 사육하는 가축들을 돌보는 일이 끝나면 개와 함께 산에 가는 일이 저의 오래된 취미입니다. 겨울 산의 매력을 아시는지요? 허리까지 눈에 푹푹 빠지는 겨울 산을 오르다 보면 진정 인생이 무엇인가 하는 눈구덩이 같은 질문에 빠져들게 됩니다. 제대로 빠지면 올라오기 힘든 질문이죠. 어제 제가 마침내 내린 결론이 뭔지 아십니까? 바로 인생은 고독하다는 것입니다. 그럼에도 그 고독한 인생을 묵묵히 걸어가야 한다는 것입니다. 아, 물론 옆에 개 한 마리 있으면 더할 나위가 없겠지요. 그렇게 한나절 겨울 산을 돌아다니다 마침내 한 깨달음을 얻었는데, 현실은 역시 냉정하더군요. 스무 마리의 소는 먹을 것을 달라 아우성이고 백여 마리의 닭도 마찬가지였지요. 고독을 음미할 수가 없었습니다. 자정 넘은 이 시간이 되어서야 비로소 감미로운 음악을 틀어 놓고 명상에 잠길 수 있으니 말입니다. 얼굴도 모르는 미지의 그대에게 편지를 쓰며…….
현실과 이상은 조화롭게 화해하기가 쉽지 않다는 걸 다시 깨닫는 밤입니다. 아 참, 산에 갔다가 오는 길에 산토끼 한 마리를 잡았습니다. 덕분에 어제 저녁은 얼큰한 산토끼탕을 안주로 술 한잔 마셨습니다. 혹시 산토끼 요리를 드셔 본 적이 있는지요?

두 장 넘게 쓴 편지를 진표는 꼼꼼히 읽어 보았다. 마음에 들었다. '펜팔 독본'에는 다양한 경우에 해당되는 편지 견본이 많이 들어 있었다. 그중 진표의 상황과 어느 정도 맞아떨어지는 내용은 베끼고 특정 사항은 추가해 나가는 방식의 편지였다. 나이를 열 살 정도 올리니 할 말이 상당히 많다는 걸 알고 깜짝 놀랄 정도였다. 물론 거짓말을 하고 있다는 자책감도 없지 않았지만 그보다는 광주의 여자에게서 답장을 받는 게 더 중요했다. 거짓말이 어느 정도 들어가더라도 어떻게 해서든 답장을 받고 싶었다. 지금껏 나이가 비슷한 또래들에게 꽤 많은 편지를 보냈지만 한 번도 받아보지 못한 답장을. 미지의 세계에서 날아온 편지를 읽고 싶은 마음에 진표는 잠도 안자고 '펜팔 독본'의 온갖 아름다운 문장들을 훔쳐서 편지지에 옮기느라 바빴다. 답장을 위해서라면 밤을 새울 각오도 돼 있었다. 편지를 다시 꼼꼼하게 읽으며 부족한 점이 무엇인지 찾던 진표는 새벽 두 시 무렵에 마침내 무릎을 쳤다. 미지의 그녀가 눈물을 글썽이며 펜을 들지 않을 수 없게 만들, 편지에 추가할 내용을 찾아낸 것이다. 진표는 다시 편지지 앞에 펜을 들고 엎드렸다. 쌓인 눈 위에 사각사각 내려앉는 눈 소리가 문창호지를 넘어왔다. 함박눈이 싸락눈으로 옷을 갈아입었다는 소식이었다.

  이제 저의 내밀한 비밀을 털어놓아야 하는 시간이
다가왔습니다. 앞에서 제가 세상사에 환멸을 느껴 산
속으로 들어왔다고 털어놓았지요. 물론 그것은 지금
이 나라 정치가 돌아가는 꼴이 지긋지긋한 게 첫 번
째 이유이기도 하지만 사실 가족사의 슬픔 또한 맞물
려 있습니다. 그럼 지금부터 그 얘기를 들려드리겠습
니다. 아, 얘기를 꺼내기도 전에 벌써 마음이 아파오는
군요.

  어느 날 저녁 저는 평소와 다름없이 고단한 일과를
마치고 집으로 돌아왔습니다. 집이 텅 비었더군요. 처
음엔 식구들이 어디 나들이를 갔다가 늦는 줄 알았습
니다. 아니면 급한 일이 생겨 친척 집에 갔겠거니 생
각했지요. 그런데 밤이 깊어 가도 가족들은 돌아오
지 않았습니다. 연락할 수 있는 몇 군데에 연락을 했
지만 허사였습니다. 평소 그런 적이 한 번도 없었기에

거의 뜬눈으로 밤을 새웠지요. 다음 날 아침 저는 불안감을 억누른 채 갈등에 휩싸였습니다. 가족들을 찾아 나설 것인가 직장으로 갈 것인가. 설마 무슨 일이야 생겼을까, 이렇게 스스로를 위안하며 직장에 갔고 퇴근 시간이 돌아오기만을 기다렸습니다. 바깥세상은 계엄령의 세상이었지요. 대통령이 자신의 부하에게 총을 맞아 죽었으니까요. 쓸쓸한 풍경이었어요. 틈나는 족족 집으로, 친척 집으로 전화를 걸었지만 한쪽은 불통이고 한쪽은 영문을 몰랐습니다. 집으로 돌아오니 변함없이 빈집이었습니다. 어쩔 수 없이 경찰에 신고를 하고 그날부터 가족을 찾아 나서게 된 것이지요. 곳곳에 군인들이 총을 들고 서 있는 세상 이곳저곳을……. 결론부터 말씀드리자면, 온갖 우여곡절에도 저는 가족을 찾지 못했습니다. 그러니까…… 졸지에 천애 고아가 된 것이지요.

한 달여의 방황을 마치고 저는 이곳 산속으로 거처를 옮겼습니다. 혹시 몰라 집은 급한 사정으로 서울에 올라와 살아야 하는 친척에게 부탁을 했지요. 그리고 이 산속에서 소와 닭을 돌보며 개와 함께 새로운 삶을 시작한 것입니다. 친척과 거처를 맞바꾼 거라고 보면 됩니다. 아, 직장도 그만뒀습니다. 왠지 정체를 알 수 없는 환멸에서 벗어나기 힘들었던 것 같습니다. 그렇습니다. 환멸입니다.

저의 가족들은 어디로 갔을까요? 혹시 저만 빼놓고 어디 먼 곳을 여행하고 있는 건 아닐까요? 몹쓸 사람들한테 죄도 없이 잡혀간 것은 아닐까요? 그것도 아니면 간첩들에게 끌려간 것은 아닐까요? 장차 돌아오기는 할까요?

미지의 그대여,

당신은 눈물로 쓰는 이 편지의 의미를 아십니까?

진표는 볼펜을 던져 놓고 방바닥에 드러누웠다. 동굴 속에서 사람이 되기 위해 마늘과 쑥을 먹는 산짐승들에 대한 이야기를 편지에 쓸까 말까를 고민하며.

말을 하는 토끼까지. 눈꺼풀 위에 슬슬 졸음이 내려앉았다. 너무 심하게 거짓말을 한 건 아닐까 하는 두려움이 눈꺼풀에 쌓인 졸음을 슬쩍 밀어냈다. 진표는 방바닥을 한 바퀴 굴러 카세트 라디오를 작동시켰다. 테이프를 뒤로 돌려 김세화의 '눈물로 쓴 편지'를 틀었다. 그리고 제자리로 몸을 굴렀다. 뭐, 가족들이 사라진 건 사실이지 않은가. 문밖의 싸락눈 내리는 소리를 지우고 노래가, 편지의 사연이 그 위에 눈석임물처럼 내려앉고 있었다. 진표의 눈꺼풀이 스르르 감겼다. 그런데…… 토끼의 마지막 말은 무슨 뜻이지? 가족들이 사북에 가지 않았다니…… 그 말이 사실이라면 대체 어디로 사라진 거지…… 군인이나 경찰들에게 잡혀간 걸까…… 왜…… 설마 간첩들이 북한으로…… 신고를 해야 하나…… 나만 남겨 놓고 영영 돌아오지 않는 건 아닐까…… 노래도, 등잔불도 끄지 못한 채 진표의 눈꺼풀이 감겼다.

"가족들이 어디 갔는지 안다고 했지?"

산토끼는 동굴 속이 아니라 토끼장에 들어가 있었다. 마늘이 아니라 당근을 아작아작 씹어 먹으며.

"······"

토끼는 대답하지 않고 눈만 동그랗게 뜬 채 진표를 바라보았다. 비슷한 질문을 계속해서 던졌음에도 마치 며칠을 굶은 듯 당근 먹는 일에만 몰두했다. 진표는 애가 탔다. 생각 같아선 토끼장에서 꺼내 검둥이에게 확 던져 버리고 싶었다.

"니 입으로 말했잖아. 사북에 간 게 아니라고. 응?"

"······"

"에이!"

화가 난 진표는 토끼장 지붕에 달린 문을 열고 넣어 주었던 당근을 모두 끄집어냈다. 당근을 입에 문 산토끼는 좁은 토끼장 안에서 짧은 꽁지에 불이라도 붙은 듯 맴을 돌았다. 그 안에다 진표는 독한 냄새를 풍기는 깐 마늘 한 바가지를 쏟아 부었다.

"말할 때까지 넌 마늘만 먹어야 돼."

"……"

"너 마늘 먹기 싫어 도망친 거 알아."

검둥이와 진표는 토끼장 앞을 떠나지 않고 마늘 속에 파묻혀 있는 산토끼의 동태를 살폈다. 입에 문 당근을 모두 먹은 산토끼는 심각한 고민에 빠져 있는 것 같았다.

"거기서 마늘 먹고 인간이 되면 그 때 꺼내 줄게."

토끼가 입을 열 때까지 진표는 닭장의 닭들에게 모이를 주고 쇠스랑으로 외양간의 쇠똥을 쳤다. 넉가래로 마당 귀퉁이에 있는 변소로 가는 길을 쳤고 검둥이 집 위에 덮인 눈을 치웠다. 토끼장에서 후다닥후다닥 맴을 도는 산토끼 소리를 들으며.

"말할게. 제발 당근을 줘."

산토끼가 마침내 입을 열었다. 산토끼의 입에서 으깨진 마늘 냄새가 진동했다. 평소엔 그렇지 않다가 마늘을 먹어야만 사람의 말을 할 수 있는 모양이었다.

"먼저 말해."

"마늘은 최악의 음식이야! 마늘만큼 독한 게 없어! 배 속이 타들어 가는 것 같아!"

산토끼는 숨을 컥컥 뱉어 내며 눈물을 흘렸다. 진표는 당근 하나를 반으로 잘라 토끼장에 넣어 주었다. 당근은 순식간에 자취를 감췄다.

"가족이 뭐야? 그동안 넌 그런 거 신경 안 쓰고 놀기 바빴잖아. 왜 갑자기 효자인 척해?"

"뭐?"

진표의 꿈은 거기까지였다. 반박의 기회는 주어지지 않았다.

❄ 제1차 가축의 난

진표는 텅 빈 토끼장을 바라보았다. 토끼장 안에는 철망을 통과해 들어간 눈이 마치 친구들과 잡아먹은 토끼의 털처럼 수북하게 쌓여 있었다. 진표는 넉가래 가득 눈을 담아 토끼장을 향해 날렸지만 분은 풀리지 않았다. 오히려 화만 새록새록 피어날 뿐이었다. 산토끼에게 당한 모욕을 풀려면 다시 산으로 가야만 하는데 점점 더 심해지는 폭설은 산행을 가로막고 있었다. 간다 해도 사실 그 산토끼를 다시 만날 확률도 희박했다. 그래서 더 억울했다.

"검둥아, 산에 가면 그 토끼 놈 찾을 수 있어?"

"······컹."

"니가 찾아내기만 한다면 규훈이네 공기총이라도 빌릴 텐데······."

가축들 아침을 챙겨 주고 마을로 이어진 길의 눈을 치다가 진표는 머리를 젖히고 끝없이 쏟아지는 하늘의 눈송이들을 바라보았다. 회색빛 하늘 어디에 이렇게 어마어마한 눈이 숨겨져 있는지 궁금했다. 마을의 집들은 지붕만 남겨 놓은 채 거의 눈에 덮여 있는 것처럼 보였다. 미술 시간에 보았던 외국 화가의 그림 속에 들어가 있는 기분이었다. 길옆에 쌓아 놓은 눈은 하루 사이에 진표의 허리께서 겨드랑이까지 차올라 있었다. 이대로 며칠만 더 내린다면 아예 눈 속에 굴을 뚫고 다닐지도 모른다는 생각이 들자 진표는 입이 벙긋 벌어졌다. 그것은 상상만 해도 즐거운 일이었다. 하얀 굴을 통해 큰길에 도착하고 거기에서 친구들을 만나 더 큰 눈의 굴을 달려오는 버스를 타고 장거리로 간다! 집의 지붕까지 모두 눈에 덮인 터라 눈 밖으로 삐죽 나온 굴뚝에서 빠져나오는 연기를 보고 위치를 가늠할 수 있다. 아, 눈 속은 공기가 희박할지도 모르니까 집집마다 굴뚝 비슷한 숨구멍 하나쯤은 뚫어 놓아야 할지도 모른다. 헬리콥터를 타고 가던 사람들은 깜짝 놀라겠지. 마을이 사라져 버렸으니까. 새들 또한 어리둥절해하며 하늘에서 서성거릴 거야. 그러든 말든 우리들은 눈 속에 개미처럼 어지러운 비밀 통로를 뚫어 그 어디쯤에 춤을 추고 음악을 들을 수 있는 근사한 방을 만들어 놓고 여자애들을 초대하겠지. 눈의 방에 따스한 모닥불을 피워 놓으면 여자애들이 좋아서 손뼉을 칠 거야. 어쩌면 포옹을 해 줄지도 몰라……. 여기까지 상상의 흰 굴을 뚫던 진표는 발을 헛디뎌 두 손을 허둥거리다가 길옆 개울에 덮인 눈 속으로 머리부터 먼저 다이빙을 했다. 눈 속에 그 산토끼가 있었다. 산토끼는 눈에 파묻힌 진표를 한심하다는 듯 바라보더니 입을 열었다.

"봐. 넌 세상 물정 모르는 철부지일 뿐이야."

토끼는 눈 속에 뚫려 있는 자그마한 굴속으로 총총히 사라졌다. 역시 진표의 대답은 듣지도 않고.

"검둥아, 저 눈 속을 뒤져 봐! 토끼, 그 산토끼 놈이 있어!"

"컹!"

온몸에 눈을 뒤집어쓴 눈사람을 향해 꼬리를 흔드는 검둥이도 왠지 자신을 비웃는 것 같다는 생각을 진표는 지울 수 없었다. 씁쓸했다. 곰의 쓸개를 핥는 것 같은 씁쓸함을 간직한 채 진표는 나무다리를 건너 제재소에 도착했다.

"전화 없었는데."

제재소 할머니는 미닫이문만 열어 놓은 채 문턱에 기대 눈을 구경했다. 마치 태어나서 처음 눈을 보는 것처럼.

"참, 지랄하게 내린다."

"아침에 어디 갔다 오시진 않았어요?"

"눈구덩이 속에 갇혔는데 가긴 어딜 가!"

"할머니, 우리 엄마가 사북에 간 게 진짜일까요?

"…… 그럼 사북에서 전화 건 사람은 누구냐?"

제재소 할머니는 방 안에서 문턱에 팔을 올려놓고 그 위에 머리를 얹은 자세를 풀지 않고 물었다.

"다른 데서 전화하고 거기가 사북이라고 말할 수도 있잖아요?"

"왜?"

"…… 그냥요. 우체국 갔다 오는 길에 다시 올게요."

"귀찮으니까 하루에 한 번만 와! 참, 가축들 먹이는 줬냐?"

"아, 줬어요!"

차가 다니는 신작로는 제설차가 눈을 치워 훤했지만 그렇다고 흙과 자갈이 보이지는 않았다. 차량의 바퀴에 단단하게 다져진 미끄러운 눈길이었다. 진표와 검둥이는 그 길을 걸어갔다. 내리는 눈 때문에 시야는 그리 좋지 않았다. 길옆 잎 없는 이태리포플러와 나무로 만든 전신주만 빼놓고는 어디를 둘러봐도 흰 눈의 세상이었다. 모든 것이 지워지고 있었다. 조금씩 눈에 덮여 가면서. 옆에서 따라오는 검둥이도 어느새 점박이로 변해 있었다. 눈길을 걸으면서, 눈에 발이 미끄러져 몸이 휘청하면서 진표는 토끼의 말을 떠올렸다. 가족이 뭐냐고? 가족…… 가족이 뭐긴 뭐야, 그냥 가족이지! 진표는 눈을 뭉쳐 검은 전신주를 조준해 던졌지만 보기 좋게 빗나갔다. 내가 가족은 신경 안 쓰고 놀기만 했다고? 학교 다니면서 공부하고 주말엔 농사일도 도왔는데? 그리고 큰아들이긴 하지만 아직 중학생이잖아! 진표는 다시 눈을 뭉쳐 다음 전신주를 향해 던졌지만 아슬아슬하게 과녁을 비껴갔다.

"되는 게 없어!"

허공을 가득 채우는 눈송이들을 향해 진표는 소리쳤다. 따라오던 검둥이가 걸음을 멈추고 물끄러미 진표를 바라보았다. 눈 덮인 신작로를 걸어가는 사람은 보이지 않았다. 신작로로 접어든 이후로 차 한 대

지나가지 않았다. 모두 집 안에 처박혀 겨울잠을 자고 있는 모양이었다. 진표는 묵묵히 발끝만 내려다보며 길을 걸었다. 양말을 한 켤레만 신어서 그런지 발이 시려 왔다. 걸으면서 발가락을 꼼지락거렸다. 그나마 바람이 불지 않아서 다행이었다. 간밤에 쓴 편지를 부치러 가는 길이었다. 그 미지의 여자가 왠지 새로운 가족인 듯한 느낌이 들었다. 기존의 가족 관계를 청산하고 그 여자와 같이 사는 상상을 하자 가슴이 방망이질하기 시작했다. 가족들이 영영 돌아오지 않으면 그 여자와 함께 낯선 곳으로 떠날지도 모른다. 진표는 고개를 들어 우체국이 있는 흐릿한 아랫마을을 보며 미소를 지었다. 그때 산토끼가 깡충 뛰어 진표의 눈앞에 나타났다. 진표는 깜짝 놀라 걸음을 멈췄다.

"거 봐, 내 말이 맞지? 넌 가족의 '가'자도 모르는 놈이야! 사라진 가족 찾을 생각은 안 하고 도망칠 궁리밖에 안 하잖아."

빠르게 말을 마친 산토끼는 깡충 뛰어 진표의 시야

에서 사라졌다. 진표는 눈송이가 가득한 신작로 주변을 휘돌아보았지만 쥐새끼처럼 빠른 산토끼는 찾을 수 없었다. 화가 난 진표는 눈길을 달리기 시작했다. 머뭇거리던 검둥이도 뒤따라 달렸다. 차분하게 내리던 눈송이들이 비로소 자세를 바꿔 진표의 입과 눈으로 달려들었다.

"야, 생각만 한 거잖아!"

폭설 속에서 진표의 목소리는 멀리 퍼져 나가지 못했다. 그래도 진표는 괴성 지르기를 멈추지 않았다. 눈밭 건너 우체국의 빨간 우편함이 머리만 내민 채 진표를 기다리고 있었다. 진표는 더 이상 달리지 못하고 눈에 미끄러져 신작로 위에 벌렁 나자빠졌다. 다가온 검둥이가 따스한 혀로 진표의 뺨을 핥아 주었다.

"편지 부치러 왔어?"

커다란 톱밥난로가 있는 우체국에서 진표가 만난 사람은 선화였다. 그뿐만이 아니었다. 선화 옆에 앉아 있는 사람은 분이였다. 당황한 진표는 말을 꺼내 놓지 못하고 고개만 끄덕거렸다. 둘이 왜 같이 있는지 궁금했지만 입을 꾹 다문 채 톱밥난로의 불을 쬐며 순서를 기다렸다. 우체국에는 평상시와 달리 사람이 많았다. 선화 옆에 앉아 있는 분이가 자신을 바라보고 있다는 느낌이 들자 진표의 뺨이 발갛게 달아오르고 있었다. 난롯불에 허벅지가 점점 뜨거워져 돌아서고 싶었지만 돌아설 수도 없었다. 그러면 얼굴을 마주 보아야 했다.

"진표야, 다리 아플 텐데 여기 와서 앉아."

반가운 선화의 목소리였다.

"……어."

진표는 선화 옆에 엉거주춤 앉았다. 눈에 젖었던 옷이 마르면서 피어나는 냄새 때문에 진표는 창피했다. 선화에게서 향기로운 냄새가 건너왔기에 더 그러했다. 다시 일어나 난로 옆으로 가고 싶었지만 몸이 움직이지 않았다.

"너네 식구들은 돌아왔어?"

"아직."

"좋겠다! 나도 혼자서 지내고 싶어."

선화의 말에 분이도 고개를 끄덕였다. 혼자서 지내는 게 생각만큼 간단한 일이 아니라는 걸 설명해 주고 싶었지만 진표는 입을 다물었다. 청바지를 입은 선화의 허벅지가 진표의 허벅지에 은근슬쩍 닿았다. 진표는 자신의 몸이 석고처럼 굳어지는 것 같아 침을 삼켰다.

"너, 애네 친구들이랑 춤추고 놀다 오빠들한테 얻어맞았다며?"

"……어."

벌써 소문이 돈 모양이었다. 선화의 허벅지는 진표의 허벅지에 조금 더 밀착되었다. 정체를 알 수 없는 묘한 따스함이 건너오고 있었다. 자리가 좁은 것도 아닌데 허벅지가 닿는 건 선화가 조금씩 진표 쪽으로 다가오고 있다는 얘기였다. 진표는 자리에서 벌떡 일어났다.

"편지 좀 부치고."

진표는 전라도 광주에 사는 낯선 여자에게 보내는 편지에 우표를 붙이고 우편함에 넣었다. 우체국 유리 문밖에서는 검둥이가 진표를 기다리며 얌전히 앉아 있는 게 보였다. 톱밥난로에 올려놓은 주전자에서 김이 솔솔 올라왔다. 진표는 난로 옆에 서서 잠시 어디로 갈까 고민에 빠졌다. 오른쪽 허벅지는 선화의 옆자리를 고집했고 눈 내리는 유리문 밖에서 안을 들여다보며 꼬리를 흔드는 검둥이는 집으로 돌아갈 것을 종용했다. 선화 옆에 앉은 분이는 새침한 얼굴로 각종 우표가 들어 있는 앨범을 들여다보고 있었다. 우표 수집이 취미인 모양이었다. 그것 때문에 우체국에 왔고. 최규하 대통령 기념우표가 나오는 날 진표도 우연히 친구를 따라 우체국에 가서 줄을 서서 기다리는 학생들을 본 적이 있었다. 진표가 보기에는 한심하기 그지없는 행동이었지만. 그러고 보니 저금을 하거나 돈을 찾으러 온 어른들을 제외한 조무래기들부터 중학생 고등학생 들은 모두 우표 수집 때문에 죽치고 있다는 걸 비로소 알 수 있었다. 진표는 여전히 앨범을 들여다보는 분이에게 말을 걸었다.

"오늘 기념우표 나오는 날이야?"

"아니."

대답은 선화가 했다.

"그럼 왜?"

"최규하 대통령 취임 우표를 다른 것과 교환하려고."

"……그렇구나. 근데 둘이 어떻게 아는 사이야?"

"사촌이야. 오늘 우리 집에 놀러 왔어."

"……어."

유리문 밖의 검둥이가 이제 그만 나오라고 짖어 댔다. 바람이 부는지 눈발은 서쪽에서 동쪽으로 안개처럼 흘러가고 있었다. 진표는 청바지를 입은 선화의 왼쪽 허벅지와 그 옆 빈자리를 얼른 훔쳐보려다가 그만 선화와 눈을 마주쳤다.

"난…… 먼저 갈게."

"진표야, 저녁에 우리 둘이서 음악 들으러 너네 집에 놀러 가도 돼?"

진표는 고개를 끄덕였다. 분이도 고개를 들고 진표의 끄덕임에 미소를 지었다.

"다른 애들 부르지 말고 우리끼리 놀자, 응?"

눈 덮인 신작로는 여전히 한산했다. 대관령이 폭설에 막혔음이 분명했다. 진표는 조금씩 세력을 키우는 눈보라 때문에 시야가 더 불분명해진 신작로로 들어섰다. 검둥이는 앞서서 달려가다가 진표가 보이지 않으면 다시 되돌아왔다가 달려가기를 되풀이했다. 바람을 등에 업고 걷기 때문에 힘이 들거나 춥지는 않았다. 선화와 분이가 기념우표를 살 때까지 기다렸다가 함께 마을로 돌아가고 싶었으나 숫기가 없어 그러지 못한 게 못내 아쉬웠다. 길을 걷다가 혹시나 하고 뒤돌아보면 얼굴에 달려드는 건 차가운 눈보라뿐이었다. 집에 도착하는 즉시 외양간 옆방에 불을 땔 생각으로 아쉬움을 달래야만 했다. 셋이서 눈이 펑펑 내리는 밤을 노래를 들으며 보낸다. 광주에 사는 미지의 여자에게 보낸 편지는 아주 먼 옛날의 일처럼 가물가물해졌다. 그녀에게 보내는 편지 덕분에 선화와 분이를 만났음에도 말이다. 진표는 눈보라에 몸이 실려 축지법을 쓰듯 빠르게 신작로를 내달렸다. 달리고 또 달려도 좁혀지지 않는 소실점을 향해.

제재소 앞마당의 눈 속에 숨겨 놓은 넉가래를 찾아든 진표는 제재소 할머니가 사는 집에서 등을 돌렸다. 무소식이 희소식이라는 속담에 희망을 걸어 놓고서 넉가래로 눈을 밀었다. 집으로 가는 외길에는 사람의 발자국이 찍혀 있지 않았다. 눈을 치우며 나온 진표의 발자국도 지워진 지 오래였다. 삐걱거리는 나무다리를 건너고 성벽 같은 고속도로의 굴다리를 통과하자 지붕에 엄청난 눈을 이고 있는 언덕 위의 집이 보였다. 검둥이도 그제야 진표의 눈치를 보지 않고 한달음에 집으로 달려갔다. 식구들이 사라진 빈집을 보자 진표는 갑자기 배가 고팠다. 밥 세 공기쯤은 거뜬히 먹을 수 있을 정도의 허기였다.

"……배고파!"

진표는 배고프다는 말 앞에 버릇처럼 자리 잡았던 엄마라는 말을 빼고 소리쳤다. 소리친 즉시 주변을 둘러보았다. 다행히 산토끼는 보이지 않았다.

방에도 들어가지 않고 아직 온기가 남아 있는 부뚜막에 걸터앉아 냄비의 밥에다 김치와 고추장, 참기름을 섞어 화로에 올려놓고 퍼먹었다. 라디오에선 강원 산간에 내리고 있는 기록적인 폭설로 고립된 마을이 늘어 가고 있다는 뉴스가 흘러나오고 있었다. 눈의 무게를 이기지 못한 지붕이 무너져 내려 사람이 죽었다는 소식도 뒤따라 나왔다. 진표는 며칠을 굶은 사람처럼 숟가락에 밥을 퍼 입으로 넣었지만 허기는 가라앉지 않았다. 저녁까지 먹으려고 해 놓았던 밥을 쌀한 톨도 남기지 않고 모두 먹고 나서야 비로소 숟가락을 던졌다. 그리곤 부엌과 안방을 연결하는 쪽문을 거의 기어서 넘어간 뒤 아랫목에 깔아 놓은 이불 속으로 들어가 낮잠을 청했다. 라디오는 버스가 눈길에 미끄러져 절벽 아래로 추락해 많은 사상자가 났다는 소식과 탄광 매몰 사고까지 차례로 전한 뒤 뉴스를 끝냈다. 외양간 옆방에 불을 때야 하는데…… 불을 때야 저녁에 선화와 선화의 사촌인 분이와 함께 음악을 들으며 놀 수 있는데…… 생각만 피어날 뿐 몸은 조금만치도 움직이려 하지 않고 잠 속으로 조금씩 들어가고 있었다. 진표는 '김삿갓 방랑기'의 배경 음악을 들으며 까물까물 잠이 들었다.

"컹컹!"

개가 불안하게 짖고 있었다. 잠 속으로 들어온 개 짖는 소리에 진표는 결국 잠 밖으로 끌려 나갔다. 방은 어둑어둑했다. 진표는 이불 속에서 눈곱이 낀 눈을 간신히 뜬 채 괘종시계의 바늘에 매달렸다. 다섯 시 이십 분을 향해 분침이 이동하고 있었다. 벌써 아침인가? 그럼 밤이 오는 것도 모른 채 내리 잠들었다가 이제야 깨어났단 말이지? 진표는 이불을 밀치고 벌떡 일어나 앉았다. 손등으로 침침한 눈을 문질렀으나 불알이 달린 괘종시계의 바늘은 변함없이 같은 위치를 고수하고 있었다. 진표는 개 짖는 소리를 들으며 어처구니없이 흘러간 시간을, 시곗바늘을 우두커니 바라보았다. 아, 선화와 분이가 놀러 온다고 했는데! 맙소사! 진표는 놀란 가슴으로 방을 뛰쳐나가 신발도 제대로 못 신은 채 뜨럭에 섰다.

눈이 내리는 마당, 그곳에는 외양간을 나온 소와 대문 없는 대문을 막고 있는 검둥이가 대치하고 있었다. 소는 씩씩거리고 개는 으르렁거렸다. 진표는 곧 상황 파악을 마쳤다. 소는 외양간에서 고삐를 풀고 밖으로 나왔고, 그 사실을 눈치챈 검둥이는 소가 울타리 밖으로 나가려 하는 것을 저지하고 있는 상황이었다. 덩치로 볼 때 소와 개는 비교할 건더기도 없었지만 어쨌든 개는 개였다. 상황 파악을 마친 진표는 꺾어 신은 신발을 바로 신지도 못하고 마당의 소를 향해 달려갔다. 워- 워- 소리치며. 하지만 거기까지였다. 원래 천성이 순한 암소였지만 송곳니를 드러낸 채 짖는 검둥이와 갑작스런 진표의 등장에 놀라 그대로 대문 없는 대문을 향해 돌진했다. 진표는 움켜잡은 고삐를 놓지 않으려다 눈 속에 처박혔고 대문을 지키던 검둥이는 덩치와 힘으로 밀어붙이는 소를 이길 수 없었다. 소는 그렇게 집을 뛰쳐나갔다. 진표는 소를 쫓아가려는 검둥이를 황급히 불러 세워 머리를 쓰다듬었다.

"검둥아, 진정해."

"컹!"

"괜찮아. 지가 가면 어딜 가겠냐. 옷 입고 나올 테니 기다려."

소가 고삐를 풀고 외양간에서 뛰쳐나간 적은 한두 번이 아니었다. 도망간 소를 잡으려고 식구들이 이리 뛰고 저리 뛴 적이 많았다는 얘기였다. 심지어는 한밤중에 자다 일어나 잠이 덜 깬 상태에서 소를 찾아다닌 적도 있었다. 다른 집 밭으로 들어가 농작물을 짓

밟아 못 쓰게 만드는 일이 가장 큰 피해였다. 하지만 지금은 겨울이었고 폭설이 내린 터라 문제될 게 없었다. 혼자서도 충분히 소를 외양간으로 데려올 수 있었다. 소란 짐승이 또 그랬다. 어떤 연유에서든 외양간을 뛰쳐나가는 일이 생길 수 있지만 결국 배가 고프면 자기가 살던 외양간으로 돌아올 수밖에 없는 짐승이었다. 더구나 한겨울에는 집 밖 어디에도 소가 먹을 것은 없었다. 진표는 복장을 챙기고 다시 마당으로 나왔다. 어서 빨리 소를 쫓아가고 싶은 검둥이가 마당에서 끙끙거렸다. 검둥이 입장에선 소를 울타리 밖으로 내보낸 게 자존심이 상한 모양이었다.

"가자."

지게 작대기를 든 진표는 검둥이를 앞세워 소를 찾아 나섰다. 세상이 온통 눈으로 덮였기 때문에 소를 찾는 일은 식은 죽 먹기였다. 눈 위에 발자국이 찍혀 있을 뿐더러 겨드랑이까지 쌓인 눈 때문에 길을 벗어날 수도 없었다. 길 밖으로 나가려는 시도를 한 흔적은 있었지만 거기까지였다. 소가 물에서는 헤엄을 쳐도 눈 속을 헤엄쳤단 얘기는 들은 적이 없었다. 진표는 앞서 달려가려는 검둥이를 엄하게 진정시켰다. 검둥이의 행동 때문에 소가 더 놀랄 수도 있기 때문이었다. 사실 소가 일부러 고삐를 풀고 가출을 시도하는 경우는 드물었다. 대부분 어쩌다 보니 묶어 놓은 고삐가 풀렸고, 그래서 밖으로 나갔는데 그 모습에 놀라 소리치고 짖어 대는 인간과 개들 때문에 소 역시 덩달아 놀라고 흥분해 뛰는 경우가 대부분이었다. 진표는 지게 작대기를 질질 끌며 소의 발자국을 따라 고속도로 굴다리를 빠져나갔다. 굴다리 밖에 찍혀 있는 소의 발자국은 망설임을 보여 주고 있었다. 얼떨결에 나오긴 나왔는데 계속 가야 하나 말아야 하나의 망설임. 진표는 소의 심정을 이해했다. 주인이 세상모르고 잠을 자느라 저녁을 굶겼으니 사실 할 말이 없었다. 간밤 선화와 분이도 놀러 왔다가 되돌아갔을 걸 생각하니 아쉬움이 이만저만 큰 게 아니었다. 하룻밤이 쏜살같이 지나간 기분이었다. 진표는 지게 작대기로 검둥이의 꼬리를 툭툭 치며 말을 건넸다.

"넌 뭐했냐? 날 깨웠어야지."

"……깨갱."

"설마 나의 연애를 질투하는 거 아냐?"

"컹!"

"짖었다고? 너도 세상모르고 잔 거 아냐?"

소는 개울을 건너가는 다리 입구에 서서 고개를 돌린 채 진표를 바라보고 있었다. 진표는 휘파람을 불었다. 소의 습성 중 하나가 다리 건너는 걸 무서워한다는 거였다. 더군다나 제재소로 건너가는 다리는 송판으로 얼기설기 만든 나무다리였다. 웬만해선 다리를 건너려 하지 않기 때문에 진표의 아버지는 아예 소와 함께 물에 빠져서 건너곤 했다. 진표는 다시 검둥이를 진정시키고 천천히 소에게로 다가갔다. 다리 입구에서 이쪽과 저쪽을 번갈아 살피며 어떻게 할까 망설이던 소는 놀랍게도 앞발을 다리 위로 옮겨 놓았다.

"워, 워."

진표가 소를 진정시키며 두어 걸음 더 옮기자 소는
마침내 다리 위로 뒷발까지 옮겨 놓았다. 진표의 가슴
이 콩닥거렸다. 다리를 건너 신작로까지 나가면 지금
까지와는 다른 국면으로 접어들 게 뻔했다. 그건 막아
야 했다.

"워―."

소는 다리 중간에서 걸음을 멈췄다. 나무다리가 소
의 무게 때문에 삐걱삐걱 괴성을 내질렀다. 비로소 겁
을 먹은 것 같았다. 다리 위의 송판이 오백 킬로에 육
박하는 소의 무게를 언제까지 견딜 수 있을지 의문이
었다. 진표는 오도 가도 못하는 소에게로 조심스럽게
다가갔다. 겁먹은 소의, 둥글고 큰 눈이 진표를 바라보
았다. 다리 위의 눈이 다리 아래로 풀썩풀썩 떨어졌
다. 평소에도 나무다리는 사람과 리어카 정도만 건너
다닐 수 있었다. 진표는 소를 흥분시키지 않으려고 얼
굴에 미소를 지으며 눈 위에 뱀처럼 놓여 있는, 소의

코뚜레를 돌아 나온 고삐를 움켜잡았다. 고삐만 잡으면 끝이었다.

"집에 가자."

눈은 퍼붓고 밤과 낮이 뒤섞인 시간은 묘한 풍경을 연출하고 있었다. 마치 꿈속에 들어와 있는 것만 같아서 진표는 고삐를 잡은 손에 힘을 꽉 주었다. 소를 붙잡은 걸 확인한 검둥이가 다리 입구에서 짧게 몇 번 짖었는데 북소리처럼 울려 퍼졌다.

"안 가."

"뭐라고?"

"집에 안 간다고."

짧게 움켜잡은 고삐에 힘을 주었지만 소는 꿈쩍도 하지 않았다. 다리의 송판만 불안하게 삐걱거렸다. 눈보라가 안개처럼 소와 진표를 지웠다가 저편으로 몰려갔다.

"……이유가 뭔데?"

"지겹고 심심해서 안 가."

"그걸 지금 말이라고 하는 거야? 지금까지 그렇게 살아 왔잖아?"

"그러니까 이제부터라도 다르게 살고 싶다는 거야."

"……다르게? 어떻게?"

"생각해 봐야지."

기가 막혔다. 진표는 소의 고삐를 짧게 움켜쥐고 당겼다. 고삐에 연결된 코뚜레가 소의 코청을 압박했지만 소는 뒷다리에 힘을 준 채 버텼다. 나무다리가 심하게 삐걱거렸고 다리 위의 눈이 떨어지며 바람에 난분분히 휘날렸다. 이러다간 송판이 부서지고 소와 함께 다리 아래로 떨어질 것만 같았다. 진표는 고삐를 쥔 손에 힘을 풀고 소의 눈을 들여다보았다. 하필 혼자 있을 때 이런 일이 벌어졌단 말인가. 아버지라면 이럴 때 어떻게 했을까. 소가 나를 얕본 걸까.

진표는 소의 눈 속에 들어가 있는 자신의 모습을 보았다. 소도 진표의 눈 속에 들어가 있는 자신의 모습을 보는 듯했다.

"일단 여긴 위험하니 저쪽으로 나가자. 니 무게 때문에 다리가 언제 무너질지 몰라."

진표는 검둥이가 있는 데를 가리켰다. 소를 구슬리기로 했다. 소도 다리의 위험도를 눈치챈 듯 가장자리에 있던 뒷발을 가운데로 이동시켰다.

그러자 다리가 출렁 흔들리며 가장자리의 눈이 먼저 와르르 무너져 내렸다. 그러나 거기까지였다. 더 이상 움직이지 않았다.

"또, 왜?"

"위험하더라도 여기서 얘기하는 게 낫겠어."

"뭘 얘기해? 너도 눈이 있으면 한번 봐. 세상이 온통 눈 천지잖아. 집 나가면 어딜 갈 수 있을 거 같아? 먹을 건 어디서 구하고? 잠은 또 어디서 자냐? 하룻밤도 못 지내고 얼어 죽는다고. 철부지 송아지도 아닌데 세상 물정 그렇게 모르냐, 응?"

진표의 무차별 폭격에 소는 잠시 움찔했다. 진표는 자신의 입에서 얼떨결에 튀어나온 말들이 내심 자랑

스러웠다. 마을을 가로지르는 다리 위에서 소와 대치하면서 갑자기 어른이 된 느낌마저 들었다. 그런데 이게 웬일인가. 말없이 생각에 잠겼던 소가 다리를 구부리고 아예 다리 위에 털버덕 앉아 버리는 게 아닌가. 다시 나무다리가 휘청 흔들렸다.

"왜 앉은 거야? 너 혹시 지금 아버지 없다고 나한테 데모하는 거야?"

"가족들 없다고 너도 여자들 불러서 신나게 춤추며 놀았잖아."

"야, 모처럼 빈집이 됐고 나 혼자 집 지키고 가축들 돌보면서 그럼 그 정도도 못 하냐?"

"넌 지금 가족들이 어떤 고통을 겪고 있는지 알기나 해?"

소는 긴 혀로 콧물이 흘러나오는 콧구멍을 핥아 낸 뒤 회심의 일격을 날렸다.

"……고통을 겪고 있다고? 사북에 간 가족들이? 니가 봤어?"

"……"

"대체 무슨 소릴 하는 거야? 알아듣게끔 얘기해!"

"……"

"말을 하라고!"

소는 더 이상 말하지 않았다. 화가 난 진표는 앉아 있는 소의 코뚜레를 움켜잡고 앞으로 잡아당겼다. 얇고 예민한 코청이 금방이라도 찢어질 듯 벌겋게 변했다. 소는 더 이상 앉아 있지 못하고 꾸무럭거리다가 다리를 펴고 일어났다. 나무다리의 송판이 뿌지직 소리를 지르며 떨어져 나갔다. 다리가 출렁다리처럼 흔들렸다. 소의 뜨거운 콧김이 진표의 손을 점액처럼 휘감았다. 다시 송판 하나가 깨어지는 소리가 들렸다. 그러거나 말거나 진표는 소의 코뚜레를 잡고 소를 끌었다. 다리 위에 쌓였던 눈이 소의 발길질에 힘없이 밀려 나갔다. 검둥이가 사납게 짖어 대고 안개 같은 눈보라는 밀려왔다가 밀려가기를 되풀이했다. 그리고 마침내 진표는 소를 다리 밖으로 무사히 끌어냈다.

"좀 전에 한 얘기 다시 해 봐?"

"……"

"가족들이 고통을 겪고 있다며?"

소는 딴청을 부렸다. 진표는 소의 코뚜레를 아래위 좌우로 흔들었지만 소는 입을 열지 않았다. 대신 콧김과 콧물만 진표의 손을 축축하게 적셨다.

"얘길 시작했으면 끝을 봐야지, 왜 입을 다무는 거야?"

"음매-!"

"음매? 말 안 하면 식구들 돌아올 때까지 다른 거 안 주고 마늘만 준다!"

"……"

소는 울지도 않고 침묵을 고수하며 진표가 잡고 있는 코뚜레에 끌려서 눈길을 걸었다. 눈길 위에 진표와 소 그리고 검둥이의 발자국이 차례로 찍히고 있었다. 고속도로 굴다리로 접어들려고 할 때 진표는 자신을 부르는 목소리를 듣고 걸음을 멈췄다. 나무다리를 건너 선화와 분이가 뛰어오고 있었다. 진표와 소, 검둥이는 걸음을 멈추고 그녀들을 기다렸다. 아무리 눈이 퍼붓고 있다지만 아침인데도 날은 점점 어두워지고 있었다. 이상했다. 진표는 어두워지는 하늘을 물끄러미 올려다보았다.

"아침이 아니고 저녁이야, 이 바보야."

곁에 서 있던 소가 답답한지 콧물을 줄줄 흘리며 입을 열었다.

"지금이 저녁이라고?"

"그리고……
너희 식구들이 진짜 사북에 갔다고 생각해?"

3

몽설

그냥…… 영문도 모른 채 죄를 지은 것 같았다.
그냥…… 꿈이었다.

백팔번뇌

몽설

❄ 백팔번뇌

　두 개의 굴뚝에서 흘러나온 연기는 하늘로 치솟지 못하고 눈보라에 눌려 낮게 깔린 채 서쪽으로 머리를 풀어헤치고 있었다. 두 개의 아궁이에 불을 피우고 소여물을 끓이고(생각 같아선 저녁을 주고 싶지 않았지만) 닭의 모이를 주고(겨울철이라 알도 낳지 않지만) 개밥까지 챙겨 주니 밤이 골짜기에 꽉 차 있었다. 진표는 아궁이 앞에 앉아 등잔과 남포등에 석유를 가득 채웠다. 까맣게 탄 남포등 심지를 가위로 잘라 내고 등피의 그을음을 닦으니 불꽃은 훨씬 밝게 빛났다. 선

화와 분이가 있는 외양간 옆방에서는 노고지리의 '찻
잔'이 흘러나왔다. 부엌문 밖 남포등 불빛 속으로 난
분분히 쏟아져 들어오는 눈송이들을 차례차례 잠재
우며.

"검둥아, 넌 뭐 아는 게 없어?"

부엌 뒤편의 마른 솔잎에 엎드려 깜박깜박 졸고 있
던 검둥이를 진표는 부지깽이로 툭툭 찔러 깨웠다. 진
표는 불러도 오기 싫어하는 검둥이의 한쪽 다리를 질
질 끌어당겨 옆에 데려다 놓았다. 검둥이는 귀찮은 듯
끙끙거렸다.

"너, 나이 먹었다고 요즘 내 말 잘 안 듣는 거 같다.
아까 소가 한 말이 무슨 의민 줄 아냐고?"

검둥이는 대답 대신 진표가 쥐고 있던 부지깽이를
물고 송곳니로 씹었다. 진표는 부지깽이를 빼앗아 옆
에 있는 화로를 두드리며 주위를 환기시켰다.

"가족들이 고통받고 있다는 얘기 말이야."

"……"

"넌 사람 말 할 줄 몰라?"

"멍!"

"너도 내일부턴 밥 대신 마늘과 쑥만 먹을래?"

"컹!"

검둥이가 자리에서 일어나 뒷문을 향해 짖었다. 뒷산에서 소나무 부러지는 소리 탓이었다. 가지 위 촘촘한 솔잎에 쌓였던 눈이 어둠을 틈타 마침내 활동을 개시한 모양이었다. 눈 중에서도 가장 무서운 눈이 바로 소나무 가지에 내려앉는 눈이었다. 아니나 다를까, 뒷산에서 아까보다 더 큰 소리가 내려왔다. 아름드리 소나무의 허리가 꺾어지는 소리였다. 진표는 화롯가의 밥상을 부뚜막으로 치우고 뒷마당으로 나갔다.

어둠에 덮인 산은 보이지 않았다. 옆에 선 검둥이가 검은 산을 향해 짖었다. 다시 검은 골짜기가 쩌렁쩌렁 울렸다.

"이게 무슨 소리야?"

선화였다. 남포등 불빛을 한쪽 볼에 받으며 서 있는

선화는 아버지의 술주정 때문에 피난을 왔던 그 얼굴
이 아니었다. 선화는 성숙한 여자처럼 아름다웠다.

"눈과 소나무가 싸우는 소리."

"왜 싸워?"

"지루했던 모양이지 뭐."

"너…… 혼자 지내더니 어른스러워진 거 같다."

"다른 나무들처럼 가을에 잎을 다 털어 버렸으면
아무 일 없었을 텐데."

"그만 중중거리고 빨리 와."

"어."

외양간 옆방이 작은 음악 감상실로 변했다. 각자 자
기가 좋아하는 음악을 틀고 DJ처럼 감상을 얘기하기
로 했다. 선화와 분이는 가지고 온 음악 테이프를 꺼
내 놓았다. 방 한쪽의 동그란 상 위에는 사이다와 잔
그리고 과자가 마련돼 있었다. 나무 상자 위에 올려놓
은 카세트 라디오는 한쪽 벽으로 붙였고 그 옆 공간
에 등잔불과 촛불을 배치하니 나름대로 운치가 살아

났다. 세 사람은 벽 하나씩 차지하고 앉아 음악을 들을 준비를 마쳤는데 진표의 자리는 외양간과 붙은 벽이었다. 아주 잠깐 진표는 외양간의 소를 생각했다. 소가 잠을 잘 것인지 아니면 음악을 들을 것인지 궁금했다. 먼저 한 사람이 세 곡씩 틀기로 합의를 했는데 선화가 첫 번째였다. 선화는 카세트 라디오에 음악 테이프를 넣고 '앞으로 돌리기'와 '되돌리기' 버튼을 이용해 틀고 싶은 노래를 찾았다.

"내가 틀 첫 곡은 박인희의 '목마와 숙녀'야. 노래라기보다 시 낭송이 맞을 거야. 박인환의 시를 박인희가 낭송했어. 내가 제일 좋아하는 시야. 어떤 일에 막 화가 나 있을 때 이 시 낭송을 들으면 마음이 왠지 숙연해지고 편안해져. 얼마 전 우리 아버지 술 취해서 다 때려 부수며 주정 부릴 땐 미칠 것 같았는데 이 시 낭송이 그나마 날 위로해줬어. 아, 이 시에도 술 얘기가 나와! 우리 아버지도 제발 좀 이렇게 우아하게 술 마시고 취했으면 좋겠어. 자 틀게."

선화는 플레이 버튼을 누르고 음량을 조절한 뒤 자기 자리로 돌아왔다. 촛불과 등잔불이 잠깐 흔들리다가 고요해졌다. 마음을 가라앉게 하는 전주가 끝나고 박인희의 차분한 첫 음성이 흘러나왔다. '한 잔의 술을 마시고 우리는 버지니아 울프의 생애와 목마를 타고 떠난 숙녀의 옷자락을 이야기한다……' 진표는 벽에 등을 기댄 채 시 낭송을 들었다. 구들장은 절절 끓고 있었다. 맞은편 벽에 기대앉은 분이는 눈을 감은 채 감상하고 있는데 도톰한 눈꺼풀이 인상적이었다. 진표도 눈을 감았다. 그러자 아궁이 앞에 멍석을 깔아 놓고 앉은 선화네 식구들이 보였다. 언젠가 똑같이 선화네 아궁이 앞에서 눈물 콧물을 훌쩍거렸던 장면도 떠올랐다. 술만 취하면 식구들을 못살게 구는 아버지들을 도무지 이해할 수 없었다. 진표가 기대고 있는 벽이 가볍게 흔들렸다. 소가 덩치 큰 몸을 뒤척인 모양이었다. 그나저나 소가 한 말을 어디까지 믿어야 될까. 토끼가 했던 말은? 토끼와 소가 사람처럼 말을 했다고 얘기하면 선화와 분이가 과연 믿을까. 꿈과 현실을 구분하지 못한다고 비웃을 게 틀림없었다. 그럼 그게 모두 꿈이란 말인가? 꿈은, 방에서 잠자면서 꾸는 게 꿈이었다. 그렇다면 나는 언젠가 엄마가 했던 말처럼 기가 약해져서 헛것을 보고 들었단 얘긴가……. 그런데 이 모든 게 어떤 징조가 아닐까. 이러다 정말 가족들이 돌아오지 않는 건 설마 아니겠지? 그럼 뭐야, 고아가 되는 건가? 불길한 징조…… 에이, 설마……. 당장 다음 달부터 춘천에 가서 고등학교에 다녀야 하는데. 그래, 아닐 거야. '인생은 외롭지도 않고 그저 잡지의 표지처럼 통속하거늘 한탄할 그 무엇이 무서워서 우리는 떠나는 것일까…….' 진표는 방에 깔아 놓은 이불 속에서 자신의 발가락을 간질이는 누군가의 발가락을 확인하고 싶었지만 눈을 뜰 수 없었다. 펴고 있던 두 다리를 슬그머니 거둬들이는 게 전부였다. 선화는 혜은이의 '당신은 모르실 거야'가 끝나자 이은하의 '겨울 장미'를 세 번째 곡으로 선정했다.

하지만 진표의 두 다리는 더 이상 참지 못하고 자석에 끌리듯 이불 속으로 들어갔고 문제의 발가락은 반가운 듯 이내 다시 찾아왔다. 이은하는 '철이 없어 그땐 몰랐어요'라고 쉰 듯한 목소리로 노래했다.

분이의 발가락은 따스했다.

"내가 고른 건 모두 팝송!"

"오!"

"좀 슬픈 노래들이야. 난 왠지 슬픈 노래가 좋아."

"팝송 들으면 가사가 무슨 뜻인지 알아?"

진표는 분이의 눈을 오래 못 바라보고 대신 발가락에 시선을 올려놓았다.

"마음에 드는 노래는 영어 사전 펴 놓고 해석을 해. 그래야 제대로 노랠 음미할 수 있거든."

"분이 꿈이 강릉 가서 DJ 하는 거래."

"바뀌었어. 기왕 하는 거 서울로 갈 거야. 고등학교만 졸업하면."

"와!"

"그럼 첫 곡을 틀게. 페티 페이지가 부른 '테네시 왈츠(Tennessee Waltz)'야. 페티 페이지의 본명은 클라라 앤 파울러야. 1927년 미국 오클라호마 주에서 태어났어. 화가 지망생이었는데 고등학생 때 방송국에서 노래를 부른 게 계기가 돼서 가수의 길로 나섰어. '테네시 왈츠'의 가사를 요약하면 이래. 사랑하는 사람과 왈츠를 추는데 친한 친구가 나타났어. 나는 그 친구에게 애인을 소개해. 두 사람은 함께 춤을 춰. 그런데 두 사람이 춤을 추다 그만 눈이 맞아 버린 거야. 결국 나는 그날 밤 모든 걸 잃어버린 거지……."

분이가 플레이 버튼을 눌렀다. 진표는 처음 들어 보는 노래였다. 노래는 잔잔하게 흘러갔다. 마치 무릎 정도 잠기는 강물이 바닥이 넓은 자갈밭인 곳을 천천히 흘러가는 듯했다. 여울도 없었다. 단지 수면 위에서 햇살이 자글자글 끓고 있는 것만 같았다. 가수의 목소리는 감미로웠다. 분이가 알려 준 가사와는 정반대로 들릴 정도였다. 분이는 자기 자리로 돌아가지 않고 카세트 테이프 옆에 앉아 있었다. 그곳이 진정한 DJ의 자리라는 듯이. 진표는 다시 눈을 감았다. 세 사람이 추고 있는 '테네시 왈츠'를 보려고. 침을 꿀꺽 삼킨 채. 이불 속으로 들어온 분이의 발가락은 익숙하게 진표를 찾아왔다. 그뿐만이 아니었다. 선화의 발도 더듬더듬 진표의 왼쪽 다리를 찾고 있었다. 진표는 헛기침과 함께 다리를 거둬들여야만 했다. 분이는 휘파람을 불며 노래를 따라갔다. 노래를 정지시켜야 한다는 생각이 들었지만 진표는 꼼짝할 수 없었다. 등과 겨드랑이에 땀이 솟고 있었다. 잔잔한 멜로디의 노래를 비집고 벽 너머 외양간에서 소의 긴 숨소리가 넘어왔다. 테네시 왈츠는 그렇게 끝이 났다. 분이의 두 번째 세 번째 노래도 꿈결인 듯 지나갔다.

"눈 진짜 많이 온다."

진표는 대학가요제 모음곡이 들어 있는 테이프를 틀어 놓고 뒷마당과 연결된 문을 활짝 열었다. 등잔불과 촛불이 일제히 춤을 췄다. 밤눈이 내리는 풍경은

명절 때마다 찾아오는 가설극장에서 본 영화의 한 장면 같았다. 이윽고 촛불과 등잔불이 바람에 꺼지자 진표는 기다렸다는 듯 손전등을 켜서 문밖을 비췄다. 분이와 선화가 탄성을 내질렀다.

손전등 불빛이 뻗어 나간 기둥 속으로 눈송이들이 흰나비 떼처럼 몰려와 붐볐다. 분이의 발가락이 진표의 발가락을 톡톡 두드렸다.

"노래 제목이 뭐야?"

"가 버린 친구에게 바침."

"장송곡이네."

"…… 그런가."

방에 깔아 놓은 이불 속에선 발가락과 발가락이 만나 서로 간질이고 있었고 열어 놓은 문밖에선 눈송이들이 서로의 발가락을 간질였다. 노래는 방을 휘돌아 다니다가 눈송이를 찾아 떠났고 눈송이들은 캄캄한 허공에서 떠돌다 손전등 불빛을 통과해 방으로 들어와 내려앉았다.

"나도 저 하늘로 날아가고 싶어."

분이의 발가락이 소곤거렸다.

"날개가 없잖아."

진표의 발가락이 대답을 했다.

"노래를 타고."

"노래를 타고……."

진표는 문밖을 비추던 손전등을 껐다가 켰다. 순간 사라졌던 눈송이들이 봄날의 벚꽃처럼 일제히 허공에서 피어났다.

"나, 갈래!"

선화가 자리를 박차고 일어났다. 진표의 손전등 불빛이 황급히 방으로 돌아왔을 때 선화는 깔아 놓은 이불을 와락 뒤집었다. 미처 수습하지 못한 분이와 진표의 발이 발바닥을 붙인 채 방 한가운데에 놓여 있었다.

"너희 둘이 잘 놀아!"

선화가 씩씩거리며 방을 나갔다.

잠시 뒤 분이가 선화가 벗어 놓은 윗옷을 들고 방에서 나갔다.

진표는 열어 놓은 문을 닫고 등잔불을 켰다. 카세트 라디오에선 최현곤의 '백팔번뇌'가 흘러나왔다. 외양간의 소가 몸을 뒤척이는지 진표가 기대고 있던 벽이 흔들렸다. 진표는 그대로 스르르 무너져 바닥에 누웠다. 잠이 올 것 같지는 않았다. 집 떠난 엄마, 아버지, 진숙이, 진일이는 모두 잠들었을까. 광주로 보낸 편지는 지금쯤 어디에 있을까. 아, 편지도 밤에는 잠을 잘지 모르겠다. 우편배달부도 자야 하니까. 갑자기 발가락이 간질거렸다. 분이의 도톰한 눈꺼풀도 떠올랐다. 진표는 선화처럼 자리에서 벌떡 일어났다. 선화의 기분을 충분히 이해할 수 있었다. 진표는 파카를 걸쳐 입었다. 온갖 번뇌를 잊어버리려면 일을 해야 한다.

"지붕에 덮인, 눈을 치자!"

❄ 몽설

맙소사!

진표는 외양간 옆에 붙어 있는 방에서 잠들었다가
벌떡 일어났다. 이불을 밀치고 바지와 팬티를 한꺼번
에 무릎까지 내리고 고개를 잔뜩 수그린 채 손전등
불빛 안의 요지경을 들여다보았다.

이게 대체 무엇이란 말인가. 피도 아니고, 고름도 아
니고, 가래도 아닌…….

그냥…… 참담했다.

그냥…… 이상했다.

그냥…… 영문도 모른 채 죄를 지은 것 같았다.

그냥…….

흥건하게 젖은 팬티를 들고 진표는 부엌으로 갔다. 눈송이 몇 점이 부엌으로 따라 들어와 흔적도 없이 사라졌다. 고무 구박에 팬티를 던져 놓고 물을 부었다. 둥둥 떴던 팬티가 이윽고 천천히 가라앉았다. 진표는 검지를 구박에 넣고 팬티를 휘휘 저었다. 물 위에 해파리를 찢어 놓은 것 같은 무엇이 하나둘 떠오르고 있었다.

그래……. 꿈이었다.

선화와 분이가 가고 진표는 함석지붕에 걸쳐 놓은 사다리 끝에 올라가 괭이로 지붕의 눈을 끌어 내렸다. 마당으로 풀썩풀썩 떨어지는 커다란 눈더미에 맞으면 기절은 아니더라도 정신이 번쩍 날 것 같았다. 선화한테 미안한 마음이 그제야 생겨났다. 그러려고 한 것은 아닌데 그렇게 되었다. 하지만 분이에게로 넘어간 마음은 좀체 거둬들일 수가 없었다. 지붕 위의 눈들이 한번 떨어지기 시작하자 함석지붕에서 미끄럼을 타듯 마당으로 한 무더기씩 다이빙을 했다. 진표가 의지하고 있던 사다리도 그 눈에 밀려 진표와 진표의 비명을 태우고 천천히 마당의 눈더미로 처박혔다. 그 짧은 추락의 와중에도 진표는 분이가 다시 찾아오면 좋겠다는 소원을 빌었다. 눈 속에 파묻혀서도. 그 모습을 본 외양간의 소가 한심하다는 듯 웃고 부엌에서 나온 검둥이가 짖었다.

꿈은 그 뒤부터 시작되었다.

한겨울인데도 분이는 '선데이 서울'의 화보 속 여자처럼 수영복을 입은 채 찾아왔다. 화를 내고 떠난 선화를 따라간 지 두어 시간이 지난 뒤에. 눈이 쏟아지고 있는데 춥지도 않은 모양이었다. 왜 수영복을 입고 있는 거냐고 물었지만 분이는 대답하지 않았다. 아까 못다 들은 노래나 듣자고 했다. 그러고 보니 분이는 신발과 양말도 신지 않은 상태여서 발이 발갛게 얼어 있었다. 대관령 너머 경포에서 해수욕을 하다가 그대로 달려온 것만 같았다. 진표는 황급히 분이를 외양간 옆 방으로 안내했다.

"선화는?"

"몰라. 음악이나 틀어 줘."

"선화가 찾아오지 않을까?"

진표는 분이의 발갛게 변한 맨발을 이불로 덮어 주고 노래를 틀었다. 분이가 '테네시 왈츠'와 함께 선곡했던 프레디 아귈라의 '아낙(Anak)'이 스피커에서 흘러나왔다. 진표의 발로 다가온 분이의 발가락은 뜨거웠다. 구들장보다 더 뜨거웠다. 진표도 분이를 보았고 분이도 진표를 보았다. 모란이 그려져 있는 이불을 깔아 놓은 방에서 양쪽 벽에 등을 기댄 채. 원피스 수영복을 입은 분이의 가슴은 봉긋 튀어나와 있었다. 진표는 분이의 시선을 이겨 내지 못하고 눈을 돌렸다. 그때 누군가 문을 두드렸다.

"열지 마."

분이가 소곤거렸다. 그러나 문밖의 누군가는 끈질기게 문을 두드렸다. 아무런 말도 없이. 진표는 결국 문을 열었다. 문밖에 있는 건 그 산토끼였다. 산토끼는 기다렸다는 듯 문지방을 깡충 뛰어넘어 방으로 들어왔다.

"느네 연애하나?"

"무슨 소리야? 여긴 왜 왔어?"

"얼굴 빨개진 거 보니 연애하는 거 맞네!"

"나가!"

진표는 문을 열고 산토끼에게 소리쳤다.

"느네 가족들 돌아오고 있다고 알려 주러 온 거야. 연애하는 거 들키면 곤란하잖아."

정말로 멀리서 동생들 웃음소리가 들리는 것 같았다. 진표의 가슴이 콩닥거렸다.

"그럼 난 간다! 잘해 봐."

산토끼를 쫓아 대문 앞까지 나간 진표는 집으로 올라오는 언덕길을 살폈다.

"내 말이 맞지? 나는 토끼장으로 들어갈게. 마늘은 도저히 못 먹겠어."

산토끼는 비어 있는 토끼장으로 깡충 뛰어 들어갔다. 과연 산토끼의 말대로 사람의 형체로 보이는 검은 그림자들이 언덕길을 올라오는 게 보였다. 동생들의 웃음소리는 더 분명하게 들렸다. 하필이면 한밤중에 집으로 돌아오다니. 검둥이가 나타나지 않은 게 이상했고 또 다행이었다. 진표는 서둘러 분이가 있는 방으로 돌아갔다. 분이는 눈을 감은 채 태연하게 음악을 감상하고 있었다.

"가족들이 오고 있어!"

"그럼 나는 돌아가야 돼?"

프레디 아퀼라는 슬픈 목소리로 노래하고 있었다. 분이는 눈을 덮은 도톰한 눈꺼풀을 올리지 않은 채 물었다.

"아냐, 방법이 있을 거야."

진표는 먼저 문밖의 신발을 방으로 들여와 뒷문 앞

에 놓고 방문을 잠갔다. 음악을 끄고 등잔불을 껐다. 그리고 분이와 함께 이불 속으로 들어갔다. 평상시에 쓰지 않는 방이기 때문에 엄마와 아버지가 문을 열고 들어올 확률은 희박했다. 이불을 머리끝까지 뒤집어쓴 진표는 분이와 거의 껴안은 자세가 되어 바깥의 동정에 귀를 기울였다. 동생들의 웃음소리가 점점 분명하게 들리자 마침내 부엌에서 검둥이가 짖으며 밖으로 뛰어나가는 소리가 들렸다. 진표는 침을 삼켰다. 분이의 더운 숨이 진표의 볼에 와 닿았다. 아, 내일 낮에 오지. 왜 한밤중에 오는 거야. 한탄해도 소용없었다. 바로 옆 외양간의 소도 눈치를 챘는지 몸을 일으키는 소리가 벽을 넘어왔다. 그리고…… 마침내 가족들이 마당으로 들어섰다는 걸 느낄 수 있었다.

"오빠?"

진숙이의 목소리였다. 진표는 눈물이 찔끔 올라왔지만 애써 참았다.

"진표야? 얘가 자나?"

그리운 엄마의 목소리였다. 소가 길게 울었다. 밤이 늦었고 여행길의 피곤함 때문에 가족들은 아마 얼마 있지 않아 잠을 청하리라는 게 진표의 예상이었다. 후 다닥 방으로 들어가는 동생들의 기척이 있었고 뒤이어 소에게 깍지를 주는 아버지의 기척, 그리고 부엌문을 여닫는 엄마의 기척……. 진표는 분이를 꼭 껴안은 채 침만 꼴깍꼴깍 삼켰다. 엄마의 목소리가 들렸다.

"얘가 어디 놀러 갔나 보네."

"이놈의 새끼 소 여물이나 제대로 끓여 줬는가 모르겠네."

"일은 내일에 하고 피곤할 텐데 당신도 얼른 들어가 자요."

"당신도 들어가."

"알았어요. 설거지 마저 끝내고 들어갈게요."

아버지가 방으로 들어갔다. 진표는 안도의 한숨을 흘려보냈다. 분이가 작은 소리로 키득거렸다. 진표는 분이의 입을 막았다. 뭔가 수상한 낌새를 눈치챈 검둥이가 방문 앞에 와서 몇 번 짖었다. 진표는 숨이 떨어져 나가는 것 같았다.

"검둥이도 이거 먹고 자라."

다행히 검둥이는 짖기를 멈추고 부엌으로 갔다.

부엌에서 엄마가 설거지를 하느라 달그락거리는 소리와 외양간에서 소가 깍지를 먹는 소리만 나지막하게 스테레오로 양쪽 벽에서 흘러나왔다. 이불 속에 너무 오래 있어서 진표는 숨이 막히는 것 같았다. 엄마가 빨리 방으로 들어가야 분이가 집을 빠져나갈 수 있을 텐데 걱정이었다. 더군다나 분이는 수영복만 달랑 입은 상태였다. 진표의 걱정을 아는지 모르는지 분이는 이불 속에서 진표의 발가락을 간질이는 장난만 계속했다. 가족들만 돌아오지 않았더라면 둘이 함께 재미나게 보낼 수 있을 텐데…… 그때 엄마가 부엌에서 나와 설거지물을 마당에 버리는 소리가 들렸다. 진표는 다시 숨을 죽였다.

"눈 참 많이 온다."

문 앞에 서 있는 엄마의 목소리였다. 그리고 엄마
는…… 진표와 분이가 있는 방문의 문고리를 무심코
당겼다. 아이고…….

"이 문이 왜 안 열리나?"

엄마의 손에 힘이 실렸는지 문이 덜컥거렸다.

"안에서 잠겼나?"

엄마, 제발…….

"아이고, 눈꺼풀에 돌이 매달린 모양이다!"

문고리를 잡아당기던 엄마가 졸음에 밀려 의심을
풀고 문 앞을 떠났다. 부엌문이 닫히는 소리가 길게
이어지다가 사라졌다. 방문을 열고 닫는 소리가 멀리
서 피어났다. 진표는 이불 속에서 나왔다.

"됐어. 이제 나가자."

"어딜 가?"

"선화 집에 가야지."

"여기 있으면 안 돼?"

"미쳤어?"

진표는 자신이 신던 양말을 분이에게 신겨 주었다. 수영복만 입은 분이에게 자신의 파카를 입혔다. 헐거워 보이는 신발을 신은 분이 앞에 앉아 신발 끈을 묶어 주었다.

"진짜 가야 돼?"

"걸리면 나 맞아 죽어."

그렇게 둘은 살금살금 뒷문으로 나와 집을 빠져나왔다. 귀 밝은 검둥이가 눈치를 못 챈 건 다행 중의 다행이었다. 토끼장을 지날 때 토끼장 안의 산토끼가 작은 소리로 진표에게 말을 건넸다.

"내 은혜 잊지 마."

보이지 않는 눈송이들이 검은 하늘을 꽉 채우고 있었다. 진표는 양말만 신은 채 분이와 함께 언덕을 내려갔다. 자주 뒤를 돌아다보며. 굴다리를 빠져나온 뒤에야 진표는 분이에게 다시 물었다.

"도대체 수영복은 왜 입고 있는 거야?"

"이거 입으면 니가 좋아할 거 같아서."

"신발은 왜 안 신었는데?"

"창문을 열고 몰래 나왔거든."

"내가 좋아?"

"바보!"

　누군가 조심스럽게 문을 두드렸다. 분이와 함께 나간 뒷문이었다. 선화의 방 창문 아래서 진표는 분이에게 빌려 준 옷과 양말 신발을 돌려받고 집으로 돌아왔다. 토끼장의 산토끼를 확인하고 외양간 옆방으로 다시 들어가 잠든 건 어떤 알리바이를 위해서 필요해 보였기 때문이다. 그러니까 진표는 날이 저물면서부터 줄곧 잠이 든 것이다. 식구들이 돌아온 줄도 모른 채. 멀쩡한 방 놔두고 왜 소가 있는 옆방에서 잠들었느냐고 엄마가 묻는다면? 그냥 이 방이 맘에 들어서. 다시 문 두드리는 소리가 들리고 누군가 나지막하게 진표의 이름을 불렀다. 여자였다. 진표는 엉금엉금 기어서 이불 속을 빠져나왔다.

"나야. 잤어?"

……선화였다.

"들어가도 돼?"

진표는 등잔불을 켰다. 다행히 선화는 수영복을 입지 않고 있었다. 진표는 불빛이 새 나가지 않도록 안마당과 연결된 문을 담요로 가렸다. 선화는 울었는지 눈이 젖어 있었다. 여자들은 왜 툭하면 우는지 진표로서는 까닭을 알 수 없었다. 하여튼 젖은 눈을 위로해야만 했다. 아니, 젖은 눈은 위로를 요구했다.

"아깐 미안해."

"뭐가?"

"……그러니까 발가락 가지고 장난한 거."

"분이가 한 거잖아. 너는 가만히 있었고."

"그게 그거지 뭐."

"분이 걔는 원래 그런 애야."

"그런 애라니?"

"노는 애."

"니가 여기 온 거 분이가 알아?"

"아니. 코골면서 자고 있어. 진표야, 조용한 노래나 한 곡 들려 줘."

"안 돼. 식구들이 돌아왔어."

"약하게 틀면 되잖아."

"너랑 단 둘이 있는 걸 들키면 난 죽음이야!"

"그럼 안아 줘."

선화의 얼굴은 고집이 가득했다. 안아 주지 않으면 대성통곡이라도 하겠다는 표정이었다.

진표는 가족들이 잠든 방에서 건너오는 코 고는 소리를 들으며 난데없는 선화의 포옹 요구에 어쩔 줄을 몰랐다.

"십 분만 안아 주면 갈게."

"······정말이지?"

선화의 젖은 눈에서 비로소 빛이 반짝거렸다. 진표는 앉은걸음으로 선화에게 다가가 포옹을 하려 했다. 선화는 고개를 저으며 방에 깔아 놓은 이불을 가리키

더니 그 속으로 들어가 모로 누웠다. 누워서? 그러다 그대로 잠들어 버리면 어쩌려고? 선화는 진표의 소리 없는 질문에 대답도 없이 눈을 감고 기다렸다. 진표는 앉은걸음으로 다시 선화에게 다가갈 수밖에 없었다. 그리고 선화 앞에 누워 왼손은 선화의 목 아래로 넣고 오른손은 어깨 위로 걸친 채 포옹을 했다. 왼손 손목에 차고 있는 시계의 바늘을 확인하고.

"좋다!"

눈을 감고 있던 선화가 중얼거렸다. 시계의 초바늘이 째깍거리며 맴을 돌았다. 진표는 일 분을 더 할애하고 입을 열었다.

"십 분 지났어."

"벌써?"

"응. 정확히는 십일 분."

"너 참, 남자가 되게 쩨쩨하다! 시간이나 재고."

"……십 분만 안아 달라며?"

"분이가 안아 달라고 하면 시간 같은 건 재지 않고

종일이라도 안아 줄 거잖아?"

"……작게 얘기해. 가족들이 돌아왔다니까."

"알았어. 조금만 더 안아 줘."

밖에서 문 열리는 소리가 들렸다. 아버지의 기침 소리가 들렸다. 뜨럭을 내려온 아버지는 진표와 선화가 껴안고 있는 방문 앞에서 오줌을 누는 모양이었다. 선화를 안은 진표는 벌벌 떨면서 아버지가 오줌 누는 소리를 들었다.

선화는 진표를 더 꼭 껴안았다. 왼쪽 팔이 점점 저려 오고 있었지만 꼼짝할 수 없었다. 아버지는 오래 오줌을 누고 눈을 향해 한소리 던져 놓았다.

"어이구, 눈 참 억수로 온다!"

아버지는 엄마처럼 진표가 있는 방문의 손잡이를 잡아당겼다. 문고리가 걸린 문이 덜그럭거렸다.

"잠겼나?"

잡았던 문고리를 놓고 아버지가 방으로 들어갔는데도 진표는 오줌이 나올 것처럼 사타구니가 저릿저릿

했다. 몸속 어디에서 거머리 몇 마리가 움직이며 피를 뽑아 먹고 있는 것 같았다. 졸음이 몰려오듯 마음도 가물가물 어디론가 알 수 없는 곳으로 미끄러져 들어가는 듯했다. 그곳으로 들어가지 않으려고 다리를 버팅기려 했지만 쥐가 난 듯 꼼짝하지 않았다. 미끄러져 들어가는 그곳의 끝은 까마득한 절벽 같았다. 아니 시작도 끝도 없는 허공인지도 몰랐다. 진표가 누워 있는 방만 집에서 분리돼 나와 허공을 둥실둥실 날아다니는 것 같았다. 그러다 끝없이 추락하고. 선화는 포옹을 풀지 않은 채 진표의 귀에 입을 대고 작은 소리로 말했다.

"니가 날 좋아하고 있는 거 전부터 알고 있었어."

선화 같기도 하고 분이 같기도 한 중간 정도의 낯선 얼굴을 바라보다가 진표는 드디어 포옹에서 풀려나 바닥이 보이지 않는 저 아래로 추락하기 시작했다. 아무리 추락해도 바닥에 닿지 않는 곳으로. 가끔 산토끼가 웃으며 진표 옆을 둥둥 떠다녔다. 진표의 사타구니께서 빠져나온 듯한 구름이 뭉클뭉클 떠다녔다.

"컴컴한 부엌에서 뭐하냐?"

부엌문 열리는 소리에 놀란 진표는 팬티를 빨다 말고 바닥에 엉덩방아를 찧고 말았다. 그 바람에 고무 구박도 뒤집어졌다. 팬티를 빨던 물이 아궁이로 흘러들고 있었다. 규학이 놈이었다. 뒤에 용희도 있었다. 종욱이, 규훈이도.

"뭘 그렇게 놀라?"

"······아침부터 웬일이야?"

"빤스 빨고 있었나?"

"······어."

"······킥킥! 니, 간밤에 자다가 처음으로 그거 했지?"

"하긴 뭘 해!"

"몽정!"

"내가 좋아?"
"바보!"

4

사냥을 마치며

아버지는 부끄러워하며 대답했다.
그땐 다들 그래야 되는 줄 알았다고.

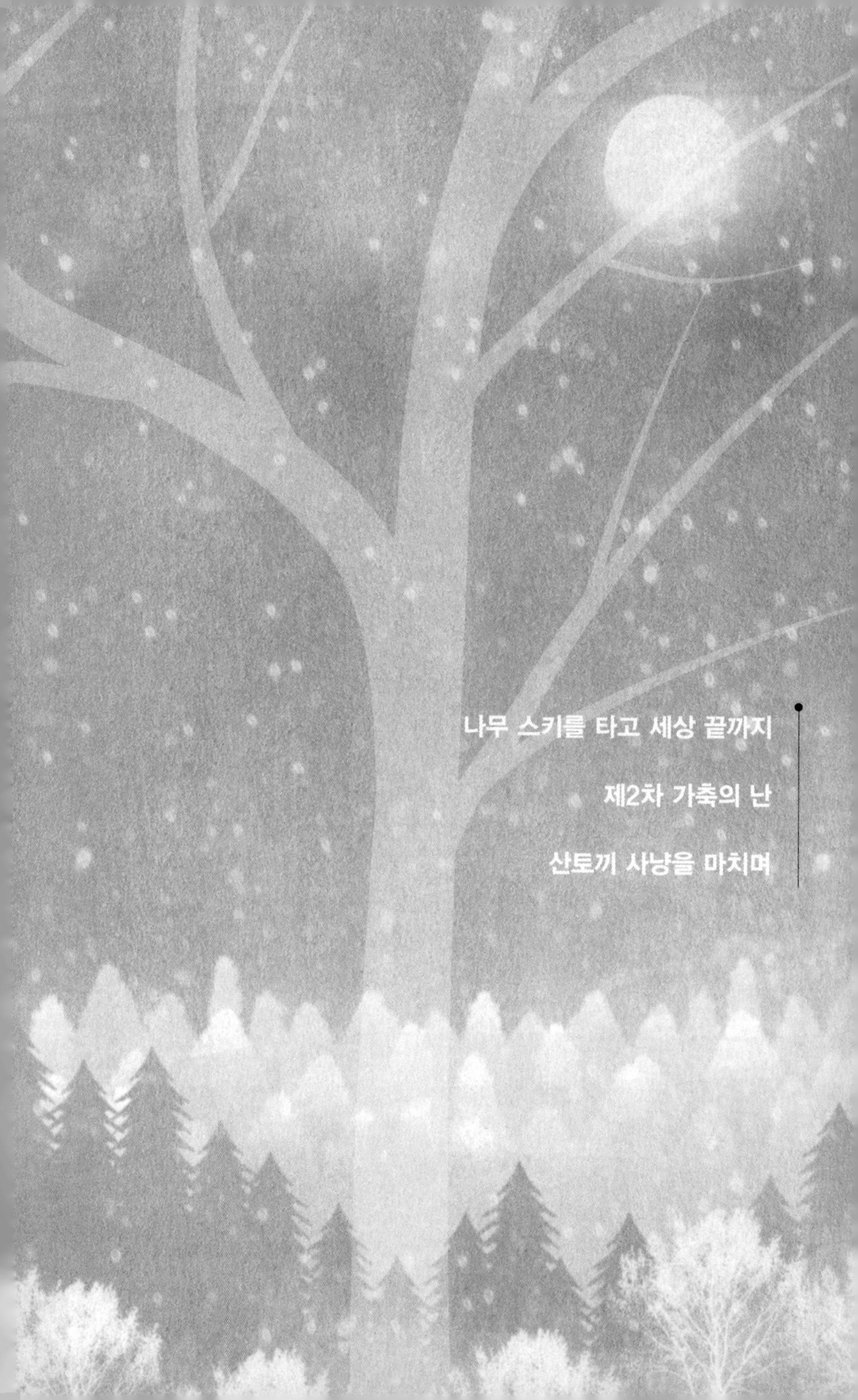

나무 스키를 타고 세상 끝까지

제2차 가축의 난

산토끼 사냥을 마치며

❄ 나무 스키를 타고 세상 끝까지

　낄낄거리는 친구들을 외양간 옆방으로 들여보낸 뒤 진표는 세탁한 팬티를 짜서 따스한 솥뚜껑 위에다 널었다. 막상 친구들에게 들통이 나고 보니 괜히 웃음이 자꾸 삐져나왔다. 소에게 여물을 주면서도 진표는 소의 둥글둥글한 눈을 들여다보며 웃음을 실실 흘렸다. 단단한 부리로 모이통에 남아 있는 옥수수 가루를 톡, 톡, 톡, 쪼아 대는 닭들을 봐도 마찬가지였다. 마당의 눈은 뜨럭까지 차올라 어디가 어디인지 헛갈려 여물을 담은 고무구박을 눈에 쏟아버릴 뻔했지만 웃음은 고물고물 흘러나왔다.

"뭐하고 있어?"

"야, 너도 빨리 들어와 봐!"

"옷 벗고 뭐하는 거야?"

어른들이 보는 잡지들과 만화책을 한 보따리 가져
와 돌려보던 친구들은 제각각 벽을 향해 돌아선 채
바지와 팬티를 내리고 사타구니에서 무엇인가를 찾고
있었다. 진표는 볼에 매달려 있던 웃음기를 지우고 방
으로 들어가 녀석들이 하는 짓을 훑어보았다.

"이 잡는 거야?"

"요즘 이가 어디 있냐! 너도 여기 앉아서 제일 긴
털을 찾아 뽑아 봐. 누구 털이 긴지 내기하는 거야."

"새끼들, 하다 하다 별짓을 다하네."

"아야!"

사타구니 털을 뽑다가 실패한 규훈이가 비명을 내
질렀다.

"뽑았다!"

성공한 용희가 털을 움켜잡은 손가락을 눈앞으로 가져오며 부르르 떨었다.

"조금만 기다려라. 형님 게 나가신다."

종욱이 놈은 새치를 찾듯 아예 한 올 한 올 손가락으로 헤아리고 있었다. 이미 뽑은 털을 왼손에 쥐고 있는 규학이는 혹시라도 더 긴 게 있을까 다시 찾고 있었고.

"지랄들 하고 있어. 난 제재소 할머니한테 갔다 올 테니까."

"진표야, 제재소 할머니 없다. 우리 엄마가 그러는데 아파서 병원에 실려 갔다더라."

뽑은 털의 길이를 손가락으로 재던 용희가 소식을 알려 주었다.

"진짜?"

"어."

"여기 건너올 때 제재소에 아무도 없드나?"

"모르는 아주머니가 눈 치고 있던데."

"놀고 있어. 엄마한테서 전화 왔는지 물어 봐야 돼."

"너 간밤에 몽정도 처음 했는데 혹시 아직 털도 안 난 거 아냐?"

규학이 놈이었다. 진표는 방문 앞에 서서 바지와 팬티를 한꺼번에 내려 보여 주고 문을 꽝 닫았다. 안에서 낄낄거리는 웃음소리가 피어났다.

눈발은 수그러들었는데 바람이 점점 거세지고 있었다. 제재소에서 나온 진표는 소와 씨름했던 나무다리 위에서 걸음을 멈췄다. 개울을 흘러가는 물은 보이지 않았다. 얼음이 물을 덮었고 다시 눈이 그 얼음을 덮고 있었다. 바람에 쓸려 가는 눈가루가 그 위에서 펼쳐졌다가 스러지기를 반복했다. 병원으로 간 할머니 대신 제재소를 지키고 있는 낯선 아주머니는 이웃집으로 소식을 전해 달라는 전화에 대해 별 관심이 없었다. 엄마가 전화를 했는지 하지 않았는지조차 진표는 알 수 없었다. 전화가 오면 좀 받아 달라는 진표의 부탁도 그리 탐탁해하지 않는 것 같았다. 진표는 그만 집으로 돌아가자고 끙끙거리는 검둥이를 따라 눈길을 걸었다. 바람이 몰고 다닌 눈 때문에 길이 엉망이었지만 눈을 칠 마음도 생기지 않았다. 눈도 얼음처럼 꽝꽝 얼어서 그 위를 걸어 다닐 수 있으면 편하겠다는 생각뿐이었다. 검둥이는 주인 없는 집에서 놀고 있는 진표의 친구들이 미심쩍은지 굴다리를 빠져나가자마자 컹컹 짖어 대며 한달음에 달려갔다.

"지금 사북에서 돌아오는 중일 거야……."

비어 있는 토끼장 앞에서 진표는 중얼거렸다. 이어 빈 토끼장의 없는 산토끼에게 물었다.

"어떻게 된 거야?"

마늘도 당근도 없는 토끼장의 철망 아래엔 흰 눈만 소복하게 쌓여 있었다.

"널 만나면서 이상하게 일이 꼬여 가는 거 같아."

눈보라가 진표를 한참 휘감았다가 사라졌다. 마치 토끼장에 없는 산토끼의 대답 같았다.

"누가 일등 했을 거 같아?"

규학이 싱글싱글 웃으며 방으로 들어선 진표에게
물었다. 물으나 마나 한 질문을 던지다니. 한심한 놈!
카세트 라디오에선 송골매의 '세상만사'가 흘러나오고
녀석들은 방바닥에 엎드리거나 벽에 기대 가져온 책
을 뒤적거렸다.

"발랑 까진 니가 일등이지 누가 일등이겠냐."

"나 아냐."

"그럼 종욱이?"

"아냐. 바로 너야."

"나? 난 뽑지도 않았는데?"

규학은 소풍 갈 때 소금을 담듯이 여러 겹으로 접
은 편지지를 조심스럽게 펼쳤다. 진표는 뜨끔했다. 거
기엔 당연히 사타구니를 긁다가 손가락에 딸려 나온
진표의 구불구불한 털 한 오라기가 들어 있었다.

"편지지 사이에 이게 끼워져 있었어."

"……그게 내 것인지 어떻게 증명해?"

"내가 미래의 최 형사잖아. 여기에 '내 털'이라고 썼다가 대충 지워 버린 글씨가 있네 뭐."

"에이!"

친구들은 진표에게 일등을 한 상품이라며 집에서 가져온 주간지와 만화책을 모두 건넸다. 하룻밤은 심심하지 않게 넘어갈 분량의 책이었다. 물론 가족들이 돌아오면 감춰야 할 책이 대부분이었다. 한데 모은 책들을 진표 앞에 갖다 놓으며 규훈이가 물었다.

"야, 몽정할 때 기분이 어땠어?"

"뭐…… 그저 그랬어."

"자세히 좀 얘기해."

"규훈인 아직 못 해 봤대. 니가 간밤에 해 봤으니 적나라하게 얘기 좀 해 줘."

"아, 몰라! 그냥 기분이 야릇해서 일어나 보니 빤스가 다 젖었더라구. 끝이야! 야, 여기서 이러지 말고 스키나 타러 가자? 응?"

"스키? 눈이 너무 많지 않아?"

"힘들게 스키는 왜 타. 그냥 여기서 춤이나 추자."

"야, 혼자 집 지키는 사람 위문 공연 왔으면 원래 소
원을 들어주는 거야!"

"스키 가지러 집에 갔다 와야 되잖아……."

녀석들은 툴툴거리며 자리에서 일어났다.

반은 아버지나 형이 만들어 주고 나머지는 스스로
가 멋을 부려 만든 나무 스키를 신고 녀석들은 골짜
기로 향했다. 눈이 너무 많이 내린 터라 평소처럼 어
깨에 스키를 둘러매고 가는 게 아니라 내려올 길을
다지느라 스키를 신고 가는 거였다. 한 번만 길을 내
주면 그다음은 수월했다. 이웃 마을에 스키장이 생기
면서 불기 시작한 스키 바람은 겨울만 되면 자기 스키
를 갖는 게 모두의 소원일 정도였다. 물론 돈을 주고
사는 건 엄두도 못 내고 직접 나무를 깎아 만든 스키
였다. 고로쇠나무나 박달나무, 느릅나무처럼 단단하고
탄력이 좋은 나무가 대상이었다. 나무를 깎고 스키 코
를 만들고 신발을 넣고 고정시킬 바인딩을 부착하는

게 기본이었고, 모양을 내거나 잘 달릴 수 있게 바닥
에 왁스를 칠하는 건 부수적인 작업이었다. 그렇게 만
들면 부서지지 않고 몇 년은 쓸 수 있었지만 그게 여
의치 않으면 마을의 제재소에서 얇게 켜 놓은 참나무
를 훔쳐 임시방편으로 간편하게 스키를 만들기도 했
다. 하여튼 마을에서 어른들과 여자애들만 빼놓곤 거
의 대부분 자신의 스키를 가지고 있었다. 겨울이 시작
되면 눈과 스키, 썰매의 세상으로 변하는 곳이 바로
진표가 살고 있는 마을이었다.

"어디까지 갈 건데?"

맨 앞에서 길을 내는 진표에게 맨 뒤의 규훈이 헉헉
대며 물었다.

"제대로 타려면 마가리까지 가야지."

"너무 멀어. 나 안 가!"

말은 그렇게 했지만 규훈은 눈밭에 주저앉지는 않
았다. 주저앉으려 하면 어느새 알아챈 검둥이가 짖어
대기 때문이었다.

산자락엔 눈의 무게를 이기지 못하고 생살을 드러
낸 채 쓰러진 소나무들이 보였다. 다행히 점점 강해지
는 바람이 소나무 가지에 얹힌 눈을 털어 주고 있었
다. 소나무를 제외한 다른 나무들은 그다지 전전긍긍
하지 않았다. 진표는 길옆 깊은 계곡에 쌓인 눈을 내
려다보았다. 스키를 타고 내려오다 실수로 떨어지면
한참 고생해야 빠져나올 수 있을 만큼 많은 눈이 쌓
여 있었다. 산토끼를 잡으려고 왔을 때보다 곱절은 많
은 눈이었다. 과연…… 동굴 속으로 들어갈 수 있을까.
산토끼를 포함한 짐승들은 아직 거기에 있을까. 마늘
과 쑥을 먹으며. 진표는 고개를 들어 눈보라에 지워졌
다가 모습을 드러내는 동굴이 있는 산을 살폈다. 검둥
이 녀석도 진표의 의중을 눈치챘는지 어느 지점부터
앞서서 달려가고 있었다.

　“안에 뭐가 있어?”
　“……박쥐.”

"고작 박쥐나 보겠다고 그런 굴속에 기어 들어갔단 말이야?"

"혹시 멧돼지가 있을까 기대했는데 없었어."

"멧돼지가 있음 니가 살아 나오지도 못했지. 고라니라면 모를까."

"산토끼는 없었어?"

"……없었어. 자, 이제 신나게 한번 달려 보자!"

가위바위보 순서에 따라 용희가 첫 출발을 했다. 올라오면서 눈을 다져 놓은 터라 멈칫거리지 않고 스키는 경사진 골짜기를 경쾌하게 내려갔다. 그 뒤를 종욱이 따랐다. 그러나 종욱은 이십여 미터도 못 가 균형을 잃고 눈밭에 꼬꾸라졌다가 일어나 스키를 수습하고 다시 내려갔다. 친구들 중에서 아직 몽정을 경험하지 못한 규훈이가 세 번째로 출발했다. 산자락을 돌아간 용희는 모습을 감췄다. 규학이가 출발할 차례였다. 규학이의 스키는 친구들 중 유일하게 파란색 페인트까지 칠한 스키였다. 신발이 단단하게 스키와 밀착됐

는지 확인한 규학은 날렵한 물푸레나무 폴로 스키 밑
바닥에 엉겨 붙은 눈을 탁탁 두드려 털어 냈다. 모든
준비를 마친 규학이 진표에게 물었다. 앞서 내려간 친
구들은 모두 시야에서 사라진 뒤였다. 규학의 표정은
진지했다.

"동굴엔 왜 들어간 거야?"

"어…… 저 동굴에 들어가는 꿈을 꿨어."

"꿈에? 뭐가 있었는데?"

"산짐승들이…… 눈을 피해 모여 있었어."

"지금은 없고?"

"어."

"산토끼 잡으러 들어간 건 아니지?"

"아냐."

"너네 식구들 돌아오기 전에 내가 토끼 한 마리 갖
다 줄게. 마침 토끼 한 마리가 생겼어."

"야, 괜찮아! 친구들과 잡아먹었다고 하면 돼!"

"그건 그렇고, 어제 선화와 분이랑 재밌게 놀았어?"

"알고 있었어?"

"먼저 내려간다. 양로(讓路)—!"

규학이가 출발했다. 마가리에는 진표와 검둥이만 남았다. 어서 내려가자고 검둥이가 진표를 향해 짖었다. 진표는 엉덩이를 뒤로 잔뜩 뺀 채 마치 말 타는 자세로 눈길을 달리는 규학이를 향해 소리쳤다.

"양로—!"

나무 스키는 폭신한 솜 위를 미끄러져 가는 듯했다. 눈과 마찰하는 스키의 소리가 부드럽게 깔렸다. 스키는 점점 속력이 붙었다. 길옆의 낙엽송이 획획 지나갔다. 진표는 가급적 벼랑 아래의 계곡은 보지 않으려고 애를 썼다. 검둥이가 진표의 옆에 서서 함께 달렸다. 산모롱이를 돌아가자 이번에는 소나무 숲이 골짜기를 호위하고 있었다. 바람이 소나무 가지에 얹힌 눈을 장막처럼 늘어뜨렸다. 진표는 두 손에 쥐고 있는 나무 폴로 속도를 조정했다. 까딱 잘못해 방향을 틀지 못하면 저 아래의 계곡으로 날개 없는 새가 되어 날아가는 수가 있었다. 진표는 생각했다. 동굴 속에서 나는 무엇을 보았을까. 집을 떠나간 가족들은 지금 어디까지 왔을까. 스키는 예상했던 것보다 훨씬 잘 나갔다. 최고의 설질이었다. 마치 구름 위를 달리는 기분이었다. 왼쪽의 계곡과 멀어지자 진표는 속력을 내기 위해 자세를 낮추고 나무 폴을 힘차게 움직였다. 이대로 계속해서 달린다면 세상 끝까지라도 갈 수 있을 것 같았다.

"양로-!"

저 앞에 친구들의 모습이 나타났다. 그 너머에는 눈으로 담을 쌓은 고속도로가 있었고 다시 그 너머에는 눈에 파묻힌 작은 마을이 보였다. 미술 선생님이 보여준 바로 그 그림 속의 마을이었다. 화가의 이름이 뭐였지? ……브뢰겔? 모르겠다. 하지만 아직까진 오른쪽 산에 가려 진표의 집은 보이지 않았다. 진표는 엉덩이를 들었다 내렸다 반복하며 속도를 올렸다. 집의 굴뚝에서 올라올 연기를 상상하며. 그런데…… 캄캄한 동굴 속에서 나는 대체 무엇을 보았지…….

"양로–!"

긴 외침과 함께 진표가 탄 스키는 어느 순간부터 눈 위를 떠나 눈보라 날리는 허공으로 둥실 떠올랐다. 검둥이와 함께. 마침내 모습을 드러낸 저 아래 진표의 집 굴뚝에서는 연기가 피어나지 않았다. 친구들은 진표를 향해 손을 흔들었고 검둥이가 답례하듯 짖었다. 허공 속으로 산토끼가 허겁지겁 나타난 것은 그때였다.

❄ 제2차 가축의 난

겨울밤은 길고 깊었다.

배터리를 충전하지 않은 텔레비전은 검은 화면 가운데에 흰 선 하나만 떠 있었다. 화면은 사라졌지만 라디오처럼 소리는 흘러나왔다. 진표는 화면 오른쪽 상단에 있는 둥근 채널 조정기를 한 바퀴 모두 돌리고 텔레비전을 껐다. 방 안에 고여 있는 고요를 이기지 못하고 이번엔 라디오를 틀었다. 낮에 들었던 김삿갓 방랑기가 재방송되고 있었다. 김삿갓은 여전히 북한 땅을 방랑하며 탄식이 섞인 시조를 낭송했다. 진표는 라디오마저 꺼 버렸다. 눈을 쓸고 가는 바람이 문 풍지를 세차게 흔들었다. 날이 밝으면 건넛마을로 가는 길이 흔적도 없이 사라질 게 틀림없었다. 뉴스에서 말한 것처럼 눈 속에 고립되는 것은 시간문제였다. 저녁 무렵에 직접 확인한 그동안의 적설량은 진표의 겨드랑이까지 차올라 있었고 거기에 눈을 실어 나르는 세찬 바람까지 손을 잡았으니. 마당의 눈도 이미 뜨럭을 넘어서고 있었다. 자정이 넘은 시간 진표는 등잔불 옆에서 친구들이 가져다준 책을 베고 누워 손으로 그림자놀이를 시작했다. 토끼를 만들고 싶었으나 벽에서 귀를 세우고 있는 동물은 아무래도 개 같아서 그만두었다. 외양간을 흔들고 닭장을 흔들고 빈 토끼집을 흔드는 바람 소리가 점점 사나워졌다. 마치 말을 타고 달리는 바람의 울음소리 같았다. 진표는 안방과 윗방 모두 다섯 개의 문고리를 걸어 잠갔다. 그럼에도 진정되지 않은 불안을 억누른 채 문 가운데에 붙여 놓은 손바닥만 한 유리창에 눈을 붙이고 바깥을 살폈다.

콧김에 자꾸만 흐려지는 유리를 닦아 내며, 졸음이 밀려와 자꾸만 감기는 눈을 치켜뜨며.

"여긴 왜 또 왔어?"

"물어 보고 싶은 게 있어서."

"그럼 혼자 올 것이지. 밖에 있는 애들은 왜 데려왔는데?"

"쟤들한텐 여기 얘기 안 할 거야."

침침한 동굴 속의 산짐승들은 여전히 쑥과 마늘을 먹고 있었다. 다른 산짐승들은 믿음이 갔는데 왠지 산토끼만은 믿음이 가지 않았다. 그런데 다들 침묵을 고수하고 있어 말을 할 수 있는 상대는 산토끼뿐이라는 게 진표로서는 좀 서운했다. 수시로 동굴을 들락거리는 걸 보면 아무래도 토끼는 인간으로 변할 것 같지 않았다.

"지금 속으로 날 흉보고 있지?"

눈치 하나는 빠른 산토끼였다.

"저기…… 넌 뭔가 알고 있는 것 같아서 묻는 건데,

우리 가족들 지금 괜찮은 거지?"

"놀기 바쁜 네가 진짜 걱정돼서 묻는 거야?"

"알면 좀 말해 줘."

"알려 주면 내게 뭘 해 줄 건데?"

"……내가 할 수 있는 건 다 해 줄게."

산토끼는 얼굴을 찡그린 채 마늘을 씹어 먹으며 무엇인가를 생각하는 눈치였다. 트림을 하자 소화되지 않은 마늘 냄새가 진표에게 고스란히 건너왔다. 진표는 산토끼를 다그쳤다.

"사북 작은댁에 간 게 확실해? 그것만 말해 줘."

그때 동굴의 제일 안쪽에 있던 멧돼지가 견치를 반짝이며 산토끼를 향해 푸푸거렸다. 산토끼는 그런 멧돼지의 행동에 움찔 놀라는 기색을 보였다.

"……미안해. 사실 나도 잘 몰라. 그냥 장난 좀 쳐 본 거야."

"뭐? 장난?"

"확실한 건, 무척 힘들었지만 지금 돌아오고 있다

는 거야. 그건 확실하게 알 수 있어!"

"그건 또 어떻게 믿어?"

멧돼지가 이번엔 진표를 향해 푸푸거리며 견치와 자그마하지만 날카로운 눈을 반짝였다. 그만 돌아가라는 표정이란 걸 진표는 느낄 수 있었다. 산토끼가 동굴을 빠져나가려는 진표에게 다가와 작은 소리로 말했다.

"정말이야."

문창호지를 도려내고 붙인 작은 유리창 너머로 눈과 바람이 시퍼런 어둠 속에서 흘러가고 있었다. 유리창에서 물러난 진표는 침침해진 눈을 비빈 뒤 라디오를 켰다. 사회교육방송에선 멀고 먼 사할린에 살고 있는 가족에게 보내는 편지가 낭송되고 있었다. 진표는 입으로 바람을 불어 등잔불을 껐다. 불이 꺼진 심지에서 석유 냄새가 피어났다. 다시 유리창에 눈을 붙이니 조금 전보다 훨씬 바깥이 잘 보였다. 언덕 아래 고속도로 굴다리도 보여서 혹시라도 누군가 눈보라를 헤치고 찾아오면 금방 알아볼 수 있었다.

　허공 속으로 허겁지겁 나타난 산토끼는 스키를 신고 있는 진표에게 말을 걸었다.

　"부탁이 있어."

　"뭔데?"

　"동굴을 떠나 느네 집에 가고 싶어."

　"……"

　"나중에 잡아먹지 않는다는 약속만 해 준다면."

　"마늘 먹고 인간이 되는 게 더 낫지 않아?"

　"인간이 되는 건 좋지만 백 일 동안 마늘만 먹는 건 진짜 고통이야! 직접 겪어 보지 않으면 아무도 몰라."

　"그럼 와."

　"잡아먹지 않는 거지?"

　"나 토끼고기 싫어해. 특히 간."

　토끼가 앞발을 내밀었고 진표는 새끼손가락을 거기에 걸었다.

　혼자 집을 본 지 얼마나 되었을까. 진표는 유리창에

서 스르르 미끄러져 이불 속으로 들어갔다. 폭설 같
은 잠이 이불 위에 내려앉아 진표를 지그시 누르고
있었다. 토끼의 말대로 가족들은 돌아오고 있는 걸까.
내일도 돌아오지 않으면 경찰에 신고를 해야겠지. 그
다음엔 또 어떻게 하지…… 만약, 만약에 나 혼자 남
게 된다면 나는 잘 살아갈 수 있을까. 춘천으로 유학
가는 건 포기해야겠지. 여자애들과 기분 좋게 춤출 수
도 없겠지. 엄마와 아버지가 짓는 농사를 학교 다니면
서 나 혼자 짓는 건 불가능할 거야. 가축들도 팔아 버
릴 수밖에 없겠지. 검둥이는? 아마 검둥이도……. 왜
이렇게 되었을까. 내가 뭘 잘못한 걸까. 아냐, 아냐. 토
끼의 말을 믿어야지…….

"뜨끈뜨끈하네!"

"찜질이 따로 없다니까!"

"여태껏 속아 살았단 거잖아?"

"내가 그렇게 얘기해 줬는데도 안 믿었잖아."

"설마 했지."

잠이 덜 깬 이불 속의 진표는 눈을 뜨지 않은 채 가만히 이불 밖의 얘기에 귀를 기울였다. 덜컥 내려앉았던 마음은 조용조용한 대화에 좀 진정되었지만 도대체 누가 방으로 들어와 이야기를 나누는 것인지 가늠이 되지 않았다. 그렇다고 머리까지 덮은 이불을 밀치고 벌떡 일어나 정체를 확인하는 것도 선뜻 내키지 않았다. 일단은 자는 척하면서 저들이 누구인지 의도가 무엇인지 알아내는 게 급선무였다. 진표는 소리 나지 않게 침을 삼켰다. 그러자 요의가 갑자기 밀려왔다. 손으로 만져 보니 아랫배가 탱탱하게 부풀어 있었다. 대체 저들은 안에서 잠근 문고리를 어떻게 열고 방으로 들어왔단 말인가. 가만…… 이건 또 무슨 소리지? 닭 소리 아니야?

"야, 너희들은 넘어오지 말고 거기서 지내."

"우리도 따뜻한 안방에서 지낼 권리가 있어."

"여긴 좁아. 너희들은 수가 많으니 거기서 같이 지내는 게 더 좋을 거야. 여기 오면 덩치 큰 소한테 깔릴 수도 있단 말이야."

소? 소라구?

"알았어. 검둥아, 대신 아궁이에 불 좀 확실하게 넣어 줘."

"그래. 진표 일어나면 얘기할게."

검둥이? 우리 개? 진표는 부푼 아랫배를 움켜잡은 채 정황 파악을 하려 했지만 뭐가 뭔지 헷갈리기만 했다. 소, 닭, 개라니…… 그럼 이 퀴퀴한 냄새가……. 그때 뭉툭한 무엇인가가 진표가 덮고 있는 이불을 밀면서 말을 했다.

"잠이 깬 것 같은데 이제 그만 일어나지 그래."

"오줌보 터지겠다!"

낄낄대고 킬킬거리는 소리를 들으며 진표는 천천히 일어났다. 등잔불이 밝히는 안방의 윗목엔 외양간에 있어야 할 소가 엎드려 있었고 그 머리맡에 있는 건 검둥이였다. 그리고 윗방엔 닭들이 모여 종종거렸다. 이불 속에서 맡았던 냄새는 당연히 가축들에게서 풍

기는 냄새였다. 진표는 이불을 완전히 밀치고 검둥이
를 노려보았다.

"……이게 어떻게 된 일이야?"

"뭐가?"

검둥이는 엉덩이는 방바닥에 붙이고 앞다리는 세우
고 앉아 진표에게 되물었다.

"뭐가라니? 느들이 왜 방에 들어와 있냐고?"

"아, 정신없이 자느라 몰랐구나! 폭설에 닭장과 외양
간 지붕이 무너져 내렸어. 무너지기 직전에 그걸 눈치
챈 내가 모두 대피시킨 거야."

"뭐?"

진표는 문고리가 뽑혀 나간 방문을 열어젖혔다. 검
둥이의 말대로 마당 옆 닭장과 외양간 지붕은 눈의 무
게를 이기지 못하고 풀썩 내려앉아 있었다. 닭들이 한
꺼번에 소리쳤다.

"추워, 문 닫아!"

"그렇다고 방으로 들어와 있으면 어떡해? 부엌에 대

피하면 되잖아."

"모두 눈에 젖어서 너무 추워하는 터라 어쩔 수 없었어."

검둥이의 태연한 대꾸에 진표는 말은 잊은 채 입만 벌리고 말았다. 검둥이는 진표가 잠들기 전까지의 그 검둥이가 아니었다. 외모는 그대로인데 눈은 분명 달라져 있었다. 진표를 대하는 태도 역시 전과 달리 은근히 건방졌다. 지붕이 무너진 건 사실이지만 분명 다른 무엇이 개입된 게 틀림없었다. 진표는 윗목에 엎드려 왕방울 같은 눈을 껌뻑거리며 되새김질을 하는 소에게로 시선을 옮겼다. 소는 검둥이에게 전권을 일임했는지 입을 닫은 채 진표와 눈도 마주치지 않았다. 아이고! 소의 허벅지와 엉덩이 그리고 네 발굽엔 쇠똥이 덕지덕지 묻어 있었다. 닭들이 모여 있는 윗방은 확인하나 마나였다.

"어쨌거나 여긴 사람이 사는 방이야."

"지금은 너밖에 없잖아. 가족들 돌아올 때까진 여

기서 함께 있어도 될 거 같은데."

"지금 나보고 똥오줌 못 가리는 너희들과 방을 같이 쓰란 말이야?"

"어차피 넌 외양간이나 닭장 지붕 고칠 실력이 안 되잖아."

"부엌으로 가면 돼! 부엌이면 충분해!"

"가더라도 날 밝으면 가야지. 지금 나가면 다 독감에 걸린다고."

"독감? 가축도 독감에 걸려?"

"사람만 독감에 걸리는 게 아냐. 참, 독감 얘기 나왔으니 하는 말인데 나가서 불 좀 더 때 줘. 닭들이 춥다고 난리야."

"……나더러, 지금, 불을 때라고?"

"응. 쟤네들 감기 걸려 죽으면 엄마 아버지한테 뭐라 할 건데?"

"너는 왜 안 때는데?"

"개보고 아궁이에 불을 때라고? 불 때는 개 본 적

있어?"

"……없어."

"일어선 김에 니가 덮고 있던 이불 소 좀 덮어 줘."

진표는 부엌과 통하는 쪽문을 열고 나왔다. 검둥이
는 문턱에 턱을 올려놓은 채 아궁이에 불을 피우는
진표를 감시하듯 내려다보았다. 진표는 말이 안 나왔
다. 아궁이의 불은 잘 붙지 않고 매운 연기를 무럭무
럭 게워 냈다. 말이 안 나오니 나오는 것은 눈물밖에
없었다. 진표는 손등으로 눈물을 훔쳐 내며 아궁이를
향해 입바람을 불어 넣었다. 혼자서 집을 보는 게 이
토록 힘든 줄은 정말이지 미처 몰랐다. 모든 걸 때려치
우고 친구 집으로 피란 가고 싶었지만 그랬다가 엄마
와 아버지에게 들을 소리를 생각하니 한숨만 나왔다.
부엌에 가득 찬 연기가 빠져나갈 곳을 찾지 못하고 꿈
틀거리다가 열어 놓은 방으로 몰려가고 있었다. 진표
는 밭은기침을 토해 내며 부엌문을 열려 했지만 바람
에 날려 온 눈 때문에 문도 제대로 열리지 않았다.

"불도 제대로 못 때?"

문지방에 턱을 올려놓은 검둥이가 힐난을 보냈다. 약이 오른 진표는 검둥이를 향해 부지깽이를 던지며 소리쳤다.

"넌 왜 방에 있어? 이리 나와!"

검둥이는 문고리에 달려 있는 노끈을 입에 물고 얼른 문을 닫았다.

"애들 돌봐야지!"

진표는 아궁이 앞에 멍석을 깔고 모로 웅크리고 누워 깜박깜박 졸았다. 앞은 뜨거웠고 뒤는 추웠다. 장작을 아궁이에 채워 넣고 자세를 바꿨다. 가축 냄새가 나는 방으로 들어가기 싫었다. 아니, 방에서 쫓겨난 것 같았다. 이번에는 등이 뜨거웠고 코에서 콧물이 주르륵 흘러내렸다. 진표는 다시 돌아누웠다. 방에서 담요를 가져올까 고심하다가 포기했다. 그때 쪽문이 열리더니 검둥이의 머리가 문지방 너머로 쑥 나왔다.

"적당히 좀 때. 잠자다가 다 익어 버리겠다."

"……알았어."

"안 들어오고 거기서 잘 거야?"

"어."

"그럼 그러든가."

길고 깊은, 폭설이 내리는 겨울밤의 집 보기였다. 콧물은 위치를 바꿔 눈물로 흘러내리고 있었다. 가족들이 돌아오면 필히 검둥이 녀석부터 보신탕집에 넘기리라 다짐하며 진표는 바람에 흔들리는 등잔불처럼 까물까물 잠이 들었다.

❄ 산토끼 사냥을 마치며

물론 검둥이는 보신탕집으로 팔려 가지 않았다. 사북에 갔던 진표네 식구들도 무사히 집에 돌아왔다. 1980년 3월 진표는 마침내 고향을 떠나 춘천이란 곳으로 유학을 갔다. 그해 4월에 사북사태가 발생했는데 진표의 아버지는 농사일이 시작되었기 때문에 겨울처럼 가족을 데리고 동생을 찾아갈 수가 없었다. 꼭 그래서는 아니겠지만 진표 아버지의 동생은 감옥에 갇히고 말았다. 진표는 그 소식을 생활비를 타러 왔다가 엄마에게 들었다.

아, 진표가 춘천으로 유학을 가기 직전에 임시로 진표의 집에 전기와 전화가 들어왔다. 더 이상 자동차 배터리를 충전해 텔레비전을 보지 않아도 되었다는 얘기다. 처음 전기가 들어오던 날 까까머리 진표는 책상 앞에 앉아 천장에 매달린 백열등 아래에서 공부를 했는데 머리가 너무 뜨거워서 기절 직전까지 갈 뻔했다. 전화 역시 신기한 물건이었는데 진표의 아버지와 엄마는 전화 대화법에 익숙하지 않아 먼저 전화를 걸어 놓고 상대방에게 대뜸 하는 말이 이거였다. "거, 누구요?" "누구세요?" 진표는 좀 창피했지만 어쩔 수가 없었다. 진표의 친구들도 고등학교 진학을 계기로 뿔뿔이 흩어졌다. 고향에 남은 친구도 있었고 강릉의 상고나 농고 그리고 멀리 있는 공고로 간 친구도 생겨났다. 면 소재지에 있는 고등학교로 간 선화는 진표가 가끔 집에 올 때 완행버스에서 만났지만 어떤 서먹서먹함 때문인지는 몰라도 인사만 나눈 게 전부였다. 물론 분이의 소식을 물어 보지도 않았다. 그리고 나이를 한참 속여 광주로 보낸 펜팔 편지는 답장이 왔었는데 진표의 손에까지는 들어오지 않았다. 진표 어머니의 검열에 걸렸기 때문이었다. 그해 오월 북한의 사주를 받은 불순분자들이 광주에서 폭동을 일으켰다는 소식이 텔레비전 뉴스를 타고 나왔지만 진표가 그 자세한 전말을 알게 된 것은 세월이 한참 흘러 대학생이 된 뒤였다. 그 미지의 여자가 5. 18 광주 민주화 운동의 해일을 어떻게 건너갔는지 진표는 당연히 모른다. 다만 그 여자의 이름만은 아직도 기억하고 있다.

이제…… 이 이야기를 마쳐야겠다. 진표의 가족들이 사북에서 돌아온 그 이튿날이었다. 진표 아버지는 마을에 나갔다가 그날 저녁 술에 만취해 들어와 술주정을 부렸다. 밥상을 눈 덮인 마당으로 내던지고 진표가 보기에 별 이유도 없는데 또 엄마를 때렸다. 진표의 엄마는 진표와 우는 동생들을 데리고 피난을 갔는데 그 집이 하필 선화네 집이어서 창피하기 이를 데 없었다. 식구들은 선화네 집 부엌 아궁이 앞에서 아버지가 잠들 때까지 졸다가 집으로 돌아왔다. 엄마는 진표에게 물었다. 나중에 커서 너도 아버지처럼 술 마시고 주정할 거냐고. 진표는 말라붙은 눈물을 닦으며 입에 대지도 않겠다고 중얼거렸다. 나이가 들어 진표는 늙은 아버지에게 물어보았다. 그 시절 왜 그랬느냐고. 아버지는 부끄러워하며 대답했다. 그땐 다들 그래야 되는 줄 알았다고. 진표는 할 말을 잃고 아버지의 잔에 술을 따르고 자신도 단숨에 술을 들이켰다.

마지막으로 산토끼가 남았다.

물론 산토끼는 약속했던 대로 진표네 집에 나타나 자발적으로 토끼장 속에 들어가 집토끼가 되지 않았다. 대신 규학이 가져온 토끼가 그 자리를 차지했다. 아…… 동굴 속에서 마늘과 쑥을 먹던 산짐승들의 후일담이 남았다. 당신은 산토끼를 포함한 그 산짐승들이 어떻게 되었다고 생각하는가?

작가의 말

   토끼 이야기를 쓰고 싶었다. 토끼와 처음 만났을 때 나는 토끼장 앞을 떠나지 않았다.

   토끼는 마치 내게 무슨 말을 하는 것 같았다.

   토끼는 산에도 살았다. 사람들은 그 토끼를 산토끼라 불렀다. 토끼에게 먹일 풀을 뜯으러 다닌 적도 있다. 토끼는 가끔 토끼장에서 도망치기도 했다. 그 토끼를 잡으려고 뛰어다녔던 적도 있다. 토끼는 동화책 속에서도 살고 있었다. 호기심이 많았으나 신중하진 않았다. 마지막에 꾀를 내어 목숨을 구하는 장면은 보기 좋았다. 토끼는 호기심 많은 어떤 소녀를 토끼 굴속으로 데려가기도 했다. 나도 우리 집 토끼를 오래 바라보았으나 허사였다. 토끼도 간혹 말을 하는 모양인데 내게는 말하지 않아 조금 서운했다. 토끼의 간을 구워 먹은

적이 있는데 마치 용왕이 된 기분이었다. 토끼 같은 여자아이
를 본 적이 있는데 가슴이 두근거렸다.

　토끼는 새끼를 낳는 장면을 사람이 보면 새끼를 물어 죽
이기도 했는데 처음으로 토끼가 무서웠다. 토끼는 앞발이 짧
고 뒷발이 길다. 토끼는 귀가 크다. 토끼의 꼬리는 짧고 오줌
은 냄새가 고약하다. 토끼는 도망을 가다가도 뒤가 궁금해
가끔 뜀박질을 멈추고 뒤돌아본다.

　토끼는 아주 멋진 이야기임이 틀림없다고 나는 고개를 끄
떡였다. 어느 밤 토끼 꿈을 꾸고 나서. 토끼를 잡으려고 눈 덮
인 산을 쏘다녔으나 그동안 나는 한 마리의 토끼도 잡지 못
했다. 토끼 발자국만 보고 왔다. 토끼 똥만 보고 왔다. 까맣
고 동글동글한.
　토끼 발자국과 똥을 오래 바라보면 마치 재미난 이야기처럼
여겨졌다. 토끼는 긴 앞니로 당근을 아작아작 썹어 먹는다.

토끼에 관한 이야기를 쓰려고 했는데 다시 읽어 보니 토끼를 빙자한 어떤 이야기를 쓴 것 같다. 왠지 토끼에게 농락당한 기분인데 입에서는 벙글벙글 웃음이 흘러내린다.

아, 믿을지 모르겠지만 전생이 토끼였던 사람도 있다.

나는 토끼를 쫓아다니면서 자라났다. 그런데 요즈음 드는 생각은 내가 토끼를 쫓아다닌 게 아니라 토끼가 나를 쫓아다녔고 나는 잡히지 않으려 부지런히 도망친 것만 같다. 뭐, 그게 그거겠지만.

오늘도 토끼는 깡충깡충 뛰어서 사냥꾼을 따돌리지만 언제나 같은 자리로 돌아온다.

끝이 없는 이야기처럼.

어떤 산에는 우는 토끼가 살고 있다고 한다. 그 토끼를 찾아가 이 소설을 읽어 주면 토끼는 어떤 표정을 지을까. 울음을 멈추고 잠시만이라도 웃는다면 나는 무척 행복할 것이다.

첫눈이 내린 강원도에서
김도연

208